Kraken lügen nicht

24 Kurzgeschichten über Behältnisse und was so drin ist

Wolfgang Grund

Bibliographische Information der Deutschen Nationalbibliothek:
Die deutsche Nationalbibliothek verzeichnet diese Publikation in
der Deutschen Nationalbibliographie, detaillierte
bibliographische Daten sind im Internet über dnb.de abrufbar.

Layout und Satz: Wolfgang Grund
Umschlaggestaltung: Karin Brugger, Meckenbeuren,
                    www.brain-design.net
Herstellung und Verlag: BoD – Books on Demand, Norderstedt
ISBN: 9 783 758 3033 33

Inhalt

›Kraken lügen nicht‹

Einst war in Nürnberg ein Krake in einem Aquarium,
der sah, wie ein Mann eine Frau brachte um.
Doch er verstand eigentlich nicht, was er da sah.
Dachte, der sei ihr nur sehr nah.
Den Kraken störte nur, dass er war stumm.

Irgendwann wurde es hell in seinem kleinen Meer. Ein neuer Tag brach an. Er war sich sicher, dieser würde wie jeder andere werden. Sein Leben war insgesamt nicht sehr ereignisreich. Höhepunkt war die tägliche Fütterung und der kurze Moment, wenn sich seine Fütterer mit ihm beschäftigten.

Aber dann war doch etwas anders. Wo blieben seine Muscheln, seine Krebse, seine Garnelen? Warum beachteten seine Fütterer ihn heute nicht? Er hatte Hunger! Missmutig blickten seine Augen mit den rechteckigen Pupillen aus seinem Versteck unter dem roten Stein. Aber da er ja ein vernünftiger, erwachsener Krake war, zeigte er seine schlechte Stimmung nur durch seine graue Färbung. Um seinen Ausdruck der Missbilligung etwas zu unterstützen, ließ er ein schwarzes Punktemuster über seinen Körper laufen.

Sein kleines Meer konnte ihn auch nicht aufheitern. Die Umgebung war nicht gerade abwechslungsreich. Da war sein Versteck aus rotem Stein, ein größeres Holzding, mit dem er überhaupt nichts anfangen konnte und die weißen Steine am Boden. Aber das alles interessierte ihn momentan nicht im Geringsten.

Hunger! Er wollte seine Muscheln, seine Krebse, seine Garnelen. Auch wenn sie in dem durchsichtigen Ding waren, in das seine Fütterer sie immer taten. Aber er hatte längst verstanden, dass er das eine Ende des durchsichtigen Dinges bewegen konnte und so an seine Beute kam.

Seine Fütterer hatten ihn aber heute offenbar vergessen. Wie so oft waren der große und der kleine Fütterer im wasserlosen Raum vor dem Ende seines Meeres hin und her gelaufen und hatten Laute ausgestoßen. Dass da kein Wasser war, hatte er herausgefunden, als er sein kleines Meer einmal verlassen hatte, da ihm langweilig war. Keine schöne Erfahrung und schneller Rückzug!

Eigentlich konnte er seine Fütterer nur an ihrer Größe unterscheiden, es gab einen großen und einen kleinen. Jetzt fuchtelten sie im wasserlosen Raum mit ihren Tentakeln herum, machten aber keine Anstalten ihn zu füttern.

Verzweifelt versuchte er auf sich aufmerksam zu machen.

Zuerst wedelte er mit seinen acht Tentakeln. Als das nichts nützte, versuchte er es mit einem genialen Farbenspiel. Er wechselte seine Hautfarbe nach und nach von tiefgrün über schweinchenrosa zu einem strahlenden Weiß und dann wieder zurück. Kein Erfolg! Die Fütterer merkten nichts!

Dann spielte er mit dem Gedanken, sein Meer zu verlassen und zu den Fütterern zu krabbeln. Aber das war ja bekannter Maßen keine gute Idee.

Jetzt wurde er richtig sauer. Er schob vier seiner Tentakel unter seinen roten Versteckstein, um ihn hoch zu wuchten und aus seinem kleinen Meer werfen. Leider hatte er seine Kräfte total überschätzt. Das schwere Ding löste sich nur einige Millimeter von den Bodensteinen und fiel dann wieder darauf zurück.

Er gab auf! Kraken konnten hungern, lange hungern. Bitte, das würde er den verantwortungslosen Fütterern ab jetzt beweisen.

Plötzlich begannen die beiden Fütterer miteinander zu spielen. Der große Fütterer schlug dem kleinen Fütterer gegen sein oberes Teil, wie auch er es mit seinen Futtertieren oft machte, wenn er nicht viel Hunger hatte und etwas Unterhaltung brauchte.

Der kleine Fütterer revanchierte sich, indem er seine beiden Tentakeln gegen den großen Fütterer einsetzte und dabei extrem laute Töne von sich gab. In solchen Momenten wünschte sich der Krake auch Töne produzieren zu können. Das wäre bestimmt spaßig, seine Opfer anzuschreien! Aber ihm würde das nie vergönnt sein. Er hatte es einmal versucht, aber nur Luftblasen erzeugt.

Dann geschah etwas Ungewöhnliches. Der große Fütterer schlang seine Tentakel um den Tentakelansatz des kleineren Fütterers, so wie er es immer mit den Muscheln machte, bevor er sie aufploppen ließ. Das machte immer so ein schönes Geräusch und außerdem wusste er dann, dass es gleich ein Festmahl gab.

Wollte der große Fütterer, den kleinen fressen? Nein, er ließ ihn irgendwann abrupt los und der kleinere Fütterer fiel zu Boden.

Schließlich verschwand der Große aus seinem Blickfeld, ohne ihm etwas zu fressen zu geben. Das war gemein! Der Kleinere blieb einfach am Boden liegen und rührte sich nicht. Anscheinend ruhte er sich aus. Also hatte er keine Chance von ihm etwas zu fressen zu bekommen.

Er wollte gerade wieder in seinem Versteck verschwinden, um ein Schläfchen zu machen, als ein ihm unbekannter Fütterer in den Raum kam. Er gab eine Lautäußerung zum

Besten und wedelte mit seinen Tentakeln. Futter war weit und breit natürlich wieder nicht in Sicht.

Dass der neu erschienene Fütterer Norbert Gottmann, Hauptkommissar bei der SOKO Gewaltverbrechen in Nürnberg war, wusste der Krake natürlich nicht. Hinter Gottmann, einem drahtigen Endvierziger, mit bereits leicht ergrautem Haaren und einer eher kleinen Nase, betrat Hauptkommissarin Yara Izny den Raum mit der Leiche. Als gebürtige Iranerin zeigte sie alle markanten Kennzeichen einer Perserin. Sie war hoch gewachsen, schlank, hatte schwarzes, langes Haar und eine markante Nase. Ihr folgte das genaue Gegenteil, Dr. Stefan Brandmeister, der Pathologe, klein und untersetzt mit Halbglatze.

Der Pathologe begann sofort die Leiche zu untersuchen. Sie lag in ihrem schwarzen Trainingsanzug, die blonden Haare wie ein Heiligenschein um ihren Kopf, und mit offenen Augen, die ins Leere starrten, mitten im Raum.

»Na Doc, was wissen Sie denn schon?«, drängte ihn Gottmann nach ein paar Minuten.

»Frau, Ende dreißig, die Gute ist erwürgt worden, sie zeigt alle Merkmale dafür. Wenn man die Totenstarre betrachtet, dürfte der Todeszeitpunkt etwa zwei Stunden her sein! Weiteres nach der Obduktion!«, sagte Brandmeister im Telegrammstil.

»Ist schon klar, das brauchst du jetzt wirklich nicht mehr jedes Mal erwähnen! Und dass das eine Frau ist, hätte ich auch ohne dich erkannt!« Gottmann wirkte leicht angespannt.

»Wissen wir schon, wer Sie ist?«, fragte er Yara.

»Laut Aussage der Putzfrau, Frau Annika Huber, die sie auch gefunden hat, ist es die Herrin des Hauses, Bettina Wablinger. Die Reinigungsfachkraft steht da drüben, die Wasserstoffblonde in den Hot Pants. Die ist völlig alle. Hat anscheinend noch nie eine Leiche live gesehen«, antwortete Yara.

»Irgendwie kommt die mir bekannt vor!«, Gottmann dachte offensichtlich nach und musterte die Frau von oben bis unten.

»Vielleicht putzt sie ja auch bei dir und du hast sie nur nicht erkannt!«, meine Yara spöttisch.

»Lästermaul elendes! Bloß weil ich einmal unsere Chefin, die olle Gruberin, nicht gleich erkannt habe. Das Licht war aber auch grottenschlecht!«, versuchte Gottmann sich zu rechtfertigen.

Aber das alles wurde zweitrangig, als Yara den Kraken entdeckte. Sie stand wie paralysiert vor dem Aquarium und beobachtete fasziniert das Tier.

»Hast du so einen Kraken schon mal live gesehen? Ich meine nicht nur im Fernsehen?«, fragte sie Gottmann. Der stellte sich neben sie und beobachtete weit weniger begeistert das Weichtier.

»Wie der wohl heißt? Kraken sollen ja sehr intelligent sein. Vielleicht hört er sogar auf seinen Namen?«, mutmaßte Yara, »Erinnerst du dich noch an den Kraken Paul? Der hat bei der WM 2010 das Endspiel richtig vorausgesagt. Guck mal, jetzt klebt er mit seinen Tentakeln an der Scheibe fest und ändert seine Farbe! Das mit der Farbe möchte ich auch können. Mal blonde Haare, mal rote, mal braune!«.

Gottmann sah Yara an, als ob sie ihm die Lottozahlen vom nächsten Samstag gesagt hätte.

»Das ist es, Yara ist ein Genie! Aber das verwenden wir erst später!«, murmelte er.

»Er sieht hungrig aus!«, stellte Yara fest, unbeeindruckt von dem Gebrabbel von Gottmann, »Ich schau mal in den Kühlschrank, ob da irgendwas für Kraki liegt.« Zack, schon hatte der Krake einen Namen.

Gottmann war das völlig egal. Er war sowohl mit seiner Haarfarbe zufrieden, genauso wenig interessierte es ihn, ob der Krake hungrig war. Dann wendete er sich der Putzfrau, Frau Huber, zu, musterte sie streng und begann mit ihrer Befragung.

»Haben Sie sich so weit beruhigt, dass ich Ihnen ein paar Fragen stellen kann?«

Frau Huber nickte.

»Wo ist denn der Mann von Frau Wablinger?«, wollte Gottmann wissen.

»Die ist nicht verheiratet. Aber sie hat einen Freund, den Toni Alvarez. Warten Sie, von dem hängt ein Bild am Kühlschrank.« Frau Huber verließ den Raum, Gottmann folgte ihr. Am offenen Kühlschrank trafen sie Yara, die nach Futter für den Kraken suchte.

»Wissen Sie was der Krake frisst?«, fragte Yara Frau Huber.

»Ist doch jetzt egal. Der Fall geht vor!«, fuhr sie Gottmann an. Zur Putzfrau gewandt fragte er: »Welches der ganzen Männerfotos hier am Kühlschrank zeigt diesen Alvarez und hatte Frau Wablinger etwas mit einer ganzen Fußballmannschaft?«

»Im Prinzip schon!« Frau Huber lachte laut auf, »Sie war die Trainerin der Altherrenmannschaft des SV Dutzendteich. Und das ist Alvarez.« Sie nahm ein Bild von der Kühlschranktür. Es zeigte einen südländisch aussehenden Mann mit schwarzen Haaren und sportlicher Figur, der in einer Badehose vor einem Swimmingpool stand.

»Den sollten wir auf jeden Fall mal zu einem Gespräch einladen!«, sagte Yara und dann zu Frau Huber, »Und jetzt zu Kraki.«

Frau Huber holte eine Tupperdose aus dem Kühlschrank: »Da sind Muscheln drin, die liebt er.«

»So, nachdem wir alle relevanten Informationen von Ihnen haben, bedanke ich mich erst mal für die gute Zusammenarbeit und nehme sie dann fest. Denn sie sind nicht Annika Huber, sondern Doris Kumpf. Und Sie werden gesucht, weil sie Rentnerinnen mit üblen Tricks abgezogen haben.«, Gottmann war sichtlich stolz auf sich und sein Gedächtnis.

Yara stand mit ihrer Tupperdose etwas ratlos in der Küche: »Norbert, ich bin fertig! Du kannst dir ja sonst nicht mal merken, wie unsere Chefin aussieht und jetzt das!«

»Du hast mich drauf gebracht mit deinen verschiedenen Haarfarben. Frau Kumpf war früher nämlich schwarzhaarig und hatte auch normalerweise sehr dezente Klamotten an!« Gottmann winkte einen Polizisten zu sich und übergab ihm die Frau, »Kollege Bertram vom Betrug hat mir ein Bild von der Dame gezeigt!«

Aber Yara schien ihm gar nicht mehr zu zu hören.

»Ich habe da eine Idee! Kraken sollen doch so intelligent sein wie Hunde. Kraki hat den Mord wahrscheinlich beobachtet. Es wäre doch eine gute Idee ihm Bilder von Alvarez und einigen Fußballern zu zeigen und er verrät uns vielleicht, wer der Mörder ist!«, sagte plötzlich Yara.

»Du spinnst doch! Kraken sind nicht intelligent, die sind genauso blöd wie Fische oder wie Muscheln oder Muränen oder irgendwas, das im Wasser schwimmt.«, antwortete Gottmann.

»Probieren geht über studieren! Du wirst dich noch wundern.«, meinte Yara und nahm das Bild von Alvarez und weitere drei Bilder vom Kühlschrank mit.

Gottmann und Yara kehrten zum Aquarium zurück.

Der Krake merkte sofort, dass, ihm unbekannte, Fütterer außerhalb seines kleinen Meeres herumrannten. Anscheinend waren sie mit sich selbst beschäftigt und wollten ihn nicht füttern. Er schmollte in seinem Versteck und beobachtete mit knurrendem Magen das Treiben im wasserlosen Raum.

Plötzlich war er alarmiert. Zwei der unbekannten Fütterer standen direkt vor seinem kleinen Meer. Einer hatte das lang ersehnte Ding in der Hand, aus dem der große oder der kleine Fütterer immer sein Futter holte. Endlich! Aber warum taten sie nichts? Sie gaben nur unverständliche Geräusche von sich. Warum öffnete keiner das Ding mit seinem Futter?

Statt dessen hielt einer der Fütterer einen kleinen, unbeweglichen Fütterer an sein kleines Meer. Den hatte er noch nie gesehen. Er blieb in Wartestellung. Dann kam der nächste kleine, unbewegte Fütterer. Das war der große Fütterer, den kannte er. Er berührte ihn mit seinem Tentakel, aber der Fütterer bewegte sich trotzdem nicht, er bekam nichts zu fressen.

Aber halt, endlich kam etwas durchs Wasser herunter geschwebt, es war eine Muschel! Er griff sie mit einem seiner Tentakel und führte sie zu seinem Schnabel. Kracks!, war sie offen und dann auch schon verspeist.

Dann kamen weitere kleine, unbewegliche Fütterer. Wieder berührte er nur den großen Fütterer, dafür gab es dann eine Muschel. Das Spiel konnte er den ganzen Tag spielen. Aber es passierte nur noch einmal. Er war zwar noch nicht ganz satt, aber fürs erste reichte es. Zufrieden zog er sich in sein Versteck zurück.

»Na, das ist doch eindeutig. Der Krake hat Herrn Alvarez identifiziert! Ist er nicht toll, der kleine Kraki!«, Yara war total begeistert, »Weil, wie jeder weiß, Kraken lügen nicht!«

»So ein Blödsinn! Der hat vielleicht sein Herrchen erkannt, mehr nicht. Du spinnst doch! Außerdem weiß doch jeder, dass Dänen nicht lügen! Das hat schon der Komiker Otto festgestellt! Aber, um das zu wissen, bist du vielleicht noch zu jung.«

»Vielleicht können wir beim Verhör von Herrn Alvarez behaupten, dass wir einen Zeugen des Mordes haben. Gelogen wäre es sicher nicht!«, versuchte Yara Kraki zu verteidigen.

»Ich bin der Meinung, dass das grenzwertig ist. Was wissen Kraken schon von Mord und Mördern?«, Gottmann war überhaupt nicht überzeugt von der Taktik.

›Erwin und Bettina‹

Einst liebte Erwin Bettina,

doch Walter war auch noch da.

Der versuchte alles sie zu gewinnen.

Das Glück schien Erwin durch die Finger zu rinnen.

Schrödingers Katze musste ihm helfen, das lag nah.

»Alles Gute zum fünften Hochzeitstag, mein Liebster!«, flüsterte Bettina noch im Halbschlaf. Sie räkelte sich wohlig in den Laken, öffnete dann die Augen und wandte sich Erwin zu. Ihr kurzes, blondes Haar war verstrubbelt und ihre blauen Augen noch etwas orientierungslos.

»Bist du schon länger wach?«, fragte sie erstaunt, als sie Erwin neben sich im Bett sitzen sah.

Erwin antwortete nicht. Er saß wie eine Statue an das gepolsterte Kopfteil des Bettes gelehnt. Sein nackter, nicht sehr trainierter Oberkörper lag noch im Halbdunkel, genauso wie seine schwarzen Haare, die schon von einigen grauen durchsetzt waren und erste Anzeichen von Geheimratsecken zeigten. Er starrte durch seine altmodischen runden Brillengläser ins Leere.

»Du und deine Gasmaskenbrille!«, ulke Bettina immer.

»Schatz?«, Bettina versuchte ihn mit einem Kuss aus seiner Dornröschenstarre zu lösen.

»Hast du eigentlich schon einmal von Schrödingers Katze gehört?«, fragte Erwin völlig unzusammenhängend.

Bettina gähnte. Das war bestimmt wieder so was Physikalisches. Da schaltete sie immer ihr Gehirn auf Durchzug. Manchmal brach einfach der Physikprofessor bei Erwin durch. Trotzdem war sie stolz auf ihn, der mit seinen 29 Jahren einer der jüngsten Professoren Bayerns war.

»Schrödinger? Ist das einer deiner verkalkten Physiker oder meinst du den Klavierspieler aus den ›Peanuts‹?«, fragte Bettina wenig interessiert.

»Du kennst die ›Peanuts‹?, fragte Erwin erstaunt und wartete aber nicht auf eine Antwort. Er fuhr fort: »Stimmt, der Schrödinger war ein Physiker! Ob er verkalkt war, sei dahingestellt. Auf jeden Fall hat der schon im Jahr 1935 ein Gedankenexperiment gemacht.«

Bettina machte Anstalten aufzustehen.

»Ich mache Frühstück bis du zum Punkt gekommen bist.« Bettina hatte an ihrem Hochzeitstag keine Lust auf Physik. Sie war schon halb aus dem Bett.

»Wie gefällt dir eigentlich mein neues Spitzennegligee?«, erwähnte sie nebenbei und schob ihre Brüste etwas heraus. Sie hatte die Nachtwäsche extra für ihren Hochzeitstag gekauft und von Erwin noch keinerlei Reaktion darauf bekommen.

»Du bleibst jetzt hier und hörst dir das an und dein Nachthemd ist toll! Aber ohne Schrödinger hätte ich dich wahrscheinlich nie geheiratet!«, postulierte Erwin und packte Bettina am Arm, »Oder genauer, ich hätte mich nicht dazu überwinden können, dir den Antrag zu machen!«

»Na gut!«, sagte Bettina resignierend und fiel ins Bett zurück. Dass seine Physikbegeisterung Einfluss auf den Beginn ihrer Ehe gehabt hatte, erstaunte sie doch etwas und machte sie gleichzeitig neugierig.

Erwin hüstelte und begann: »Bei dem Gedankenexperiment von Schrödinger geht es um Folgendes: In einer verschlossenen Kiste ist radioaktives Material, ein Hammer, eine Ampulle mit Gift und eine Katze.«

»Diese Zusammenstellung wollte ich auch schon immer in einer Kiste aufbewahren!« Bettina gluckste vor Lachen.

»Diesen Scherz verzeihe ich dir nur, weil wir heute Hochzeitstag haben. Herzlichen Glückwunsch übrigens, meine Liebste! Geschenk gibt's später, aber nur, wenn du jetzt konzentriert zuhörst« forderte Erwin.

»Was bekomme ich...« hob Bettina an.

»Ruhe jetzt, Fragen erst, wenn ich fertig bin!«

»...ich denn für ein Geschenk?«, murmelte Bettina resigniert.

Erwin ließ sich davon nicht beirren und fuhr fort: »Also das Ganze funktioniert folgendermaßen. Wenn ein Atom im radioaktiven Material zerfällt, wird der Hammer aktiviert, zerschlägt die Ampulle mit dem Gift und Zack, ist die Katze tot. Da aber niemand sagen kann, wann ein Atom zerfällt, weiß man auch nicht, ob die Katze im Moment tot ist oder noch lebt.«, Erwin sah Bettina an.

»Hä, wozu ist das nun gut und was hat es mit uns zu tun?«, wollte Bettina wissen. Ihr fielen die Augen wieder zu.

»Das hat erst mal mit der Quantenmechanik zu tun. Dort gibt es sogenannte Zwischenzustände. Aber darum geht es hier gar nicht. Es geht darum, dass damals vor fünf Jahren mein Heiratsantrag Schrödingers Katze war«, dozierte Erwin mit erhobener Stimme.

»Hä, jetzt verstehe ich überhaupt nichts mehr. Ich wusste nicht, dass eine Katze für unsere Hochzeit verantwortlich ist. Ich bin übrigen allergisch! Falls das die Vorbereitung darauf sein sollte, dass du mir zum Hochzeitstag eine Katze schenken willst, vergiss es gleich wieder!«, zischte Bettina entrüstet und verschränkte die Arme vor der Brust.

»Blödsinn und nicht zielführend! Also zurück in der Zeit, damals hatten wir Schluss gemacht, nein, eigentlich hast du mich ziemlich unsanft abserviert, wegen diesem Walter Boregard, dieser hohlen Nuss! Und ich habe dich so geliebt!« Erwin schien wirklich aufgewühlte bei der Erinnerung daran.

»Ja, Walter, der war cool«, schwärmte Bettina. »Einen Body hatte der! Naja, an deinen Intellekt kam er vielleicht nicht ran, aber darauf war ich damals auch nicht fokussiert! Was der heute wohl macht?«

Erwin räusperte sich ärgerlich.

»Wahrscheinlich putzt er Klos auf Malle! Dass du mich damals einfach so stehen gelassen hast und mit wehenden Fahnen zu Walter gewechselt bist, habe ich dir übrigens nie verziehen! Aber vielleicht lag es ja auch ein bisschen an mir. Ich wollte dir damals eigentlich einen Heiratsantrag machen, aber offenbar hatte ich den richtigen Zeitpunkt irgendwie verpasst. Anschließend war ich zu feige etwas zu unternehmen. Dann hat mich aus heiterem Himmel mein bester Freund Bernd angerufen und mir gesteckt, dass Walter dir einen Heiratsantrag machen wollte.« Erwin verstummte. Offenbar wühlte ihn die Erinnerung immer noch ziemlich auf. Es entstand eine Pause, beide starrten in das Dämmerlicht im Schlafzimmer.

»Dass es damals einen Zweikampf um meine Hand gab, habe ich gar nicht gewusst«, sagte dann Bettina mit einem gewissen Stolz.

»Aber der Walter hatte auch ganz schöne Muckis und war als Quarterback in der Mannschaft von den ›Bulls Erlangen‹ von Frauen heiß begehrt«, stellte Bettina dann fest, nachdem sie von Erwin nichts hörte.

»Das mag sein!«, antwortete Erwin knapp, man hörte eine

gewisse Verärgerung aus seiner Stimme, »Viel wichtiger war, dass ich zum Zeitpunkt des Anrufs von Bernd etwa 100 Kilometer von deinem Standort in Erlangen entfernt war! Kurz entschlossen habe ich Bernd angewiesen, dich im Auge zu behalten, beziehungsweise dieses Arschloch von Walter. Er sollte ihn davon abhalten dir einen Antrag zu machen, bis ich vor Ort war.«

Erwin machte eine Kunstpause. »Ich habe dann sofort alles in der Regensburger Uni liegen und stehen lassen, mich in mein Auto gesetzt und bin los gefahren. Etwa 30 Minuten später und 40 Kilometer näher an deiner Behausung rief mich Bernd wieder an.

Er berichtete mir, dass Walter aufgetaucht war und er ihn nicht aufhalten hatte können.

»Du hast ja schon angemerkt, dass Walter ganz schöne Muckis hatte und Bernd war ein schmächtiger Physikstudent!«, stellte Erwin fest, »Ich sagte zu Bernd, Schrödingers Katze, du verstehst.«

Seine Antwort war kurz und ergreifend: »Da hilft es nur, die Kiste aufzumachen und nach zu sehen!«

»Hä, wie ist das jetzt wieder gemeint?«, ließ sich Bettina vernehmen.

Aber Erwin ging nicht darauf ein: »Wenn du mir bis jetzt zugehört hättest, wüsstest du, um was es geht!«

»Aber Bernd hatte Recht, das hat mich angespornt! Die letzten 60 Kilometer habe ich im Blindflug genommen. Was um mich herum geschah habe ich gar nicht wahrgenommen. Bernd stand immer noch vor dem Haus, in dem du damals wohntest, und hat mich immer wieder angerufen und mir mitgeteilt, wie die Sache stand. Ob ihr schon im siebten Himmel schwebend das Haus verlassen hättet oder ekstatische Schreie aus deinem gekippten Fenster drangen. Aber alles blieb ruhig. Die Katze war offenbar noch am Leben oder tot, beziehungsweise der Antrag gemacht oder nicht, niemand wusste es so genau, wie von Schrödinger voraus gesagt. Ich erreichte abgehetzt, vor Schweiß triefend und schon fast in eine Depression abgerutscht mit meinem alten VW Käfer dein Haus.« Erwin verstummte kurz und schnappte nach Luft. Offenbar durchlebte er die letzten Sekunden seiner Fahrt noch einmal.

»Das nimmt dich ja immer noch ganz schön mit, wenn ich das damals nur geahnt hätte!«, sagte Bettina erschrocken.

»Als ich an deinem Haus ankam stand Bernd stocksteif neben der Haustür. Ich hab ihn beiseite geschoben und Sturm geklingelt. Damit habe ich die Büchse der Pandora beziehungsweise die Kiste von Schrödingers Katze geöffnet.«

»Stimmt, du hast ganz schön abgehetzt gewirkt, als ich aufmachte«, kicherte Bettina.

Erwin fuhr fort: »Du weißt, ich bin auf die Knie gefallen und habe gestottert: ›Bin ich zu spät, bist du schon verlobt?‹«

»Stimmt, der Brilli war Klasse!«, bestätigte Bettina die Erzählung.

»Den hatte ich schon lange vorher gekauft. Zu meiner Überraschung hat dich mein Antrag nicht überrascht. Du hast nur mit dem Kopf gewackelt und dann schnell ›Ja!‹ gerufen. In meiner Glückseligkeit habe ich gar nicht nach Walter gefragt. Ich hab ihn einfach total aus meinem Gehirn getilgt. Und von einer Katze war auch nichts zu sehen.«

Bettina legte ihre Hand auf Erwins heißen Arm.

»Würde es dich sehr überraschen, wenn ich dir jetzt beichte, dass es in der Kiste nie eine Katze gegeben hat?«, fragte sie zuckersüß.

»Wie meinst du das? Schrödingers Katze funktioniert nur mit eben dieser!«, stotterte Erwin erstaunt.

»Denk nach! Dein überlegener Physiker Geist und deine brillante Intelligenz sollten auch das Rätsel von Bettinas unsichtbarer Katze lösen können«, meinte Bettina spöttisch.

Es entstand eine längere Pause, während Erwin nachdachte.

»Jetzt weiß ich es!«, rief er mit Triumph in der Stimme, »Es ging nie um Schrödingers Katze, sondern um die Heisenbergsche Unschärferelation, die aussagt, dass man nie zwei Eigenschaften eines Teilchen gleichzeitig bestimmen kann. So zum Beispiel den Ort und den Impuls. Das Teilchen war Walter. Bestimmen konnte man den Ort, er war nicht bei dir, unsicher war der Impuls, der ihn zu dir geführt hätte, um einen Antrag zu machen. Kurz physikalisch gesagt!«, meinte Erwin mit einem Lachen in seiner Stimme.

»Kurz gesagt was?«, fragte Bettina zärtlich.

»Kurz gesagt, du und dieser Schuft von Bernd, ihr habt mich reingelegt. Walter war nie bei dir, geschweige, dass er dir einen Heiratsantrag machen wollte. So einfach ist angewandte Physik und so effektiv!«, triumphierte Erwin.

»Dank Schrödingers Katze sind wir deshalb seit fünf Jahren verheiratet!«, schloss Bettina das Gespräch ab und stupste Erwin in die Seite. »Lass uns frühstücken!«

»Ich mach Rührei mit Kaviar«, verkündet Erwin gelöst. Sein Verdacht war also doch richtig gewesen, aber das war jetzt egal. Bestimmt würde Bettina sein Geschenk, eine Besichtigung des Teilchenbeschleunigers in Genf am Valentinstag gefallen. Die hatte er zusätzlich zum Skiurlaub in den nahen Alpen geplant. Erwin drückte auf die Fernbedienung der Rollos und schwang seine Beine aus dem Bett.

Bettina zog ihr Negligee zurecht und schwor im nächsten Leben Experimentalphysikerin zu werden.

›NCA 2176‹

Im All ist man selten allein,

aber ohne Treibstoff sollte man trotzdem nie sein.

Doch den Sprit zu klauen,

darauf sollte man auch nicht bauen.

Sonst fällt man schnell auf eine Falle rein.

Logbuch des leichten Kreuzers NCA 2176, Sternzeit: 34:11-56:91, Erdzeit: Mittwoch 22.10.2560 15:32 Uhr, Eintrag ›NCA2176‹

Kaptain Sepp Oberbichler, Navigator Porgoo, Waffeningenier K`ten, Schiffsärztin B`barb und Bordingenier M`bape auf dem Rückflug vom Mond Pier-r mit einer Ladung Pier-r. Momentan in Schwierigkeiten wegen verstärktem Auftreten von ›M-mor#M-mor‹ Schiffen.

Der leichte Kreuzer NCA 2176 klebte an dem Meteoriten, wie die Blattlaus an der Blattunterseite einer ›Ha#schi‹ Staude.

Seine Insassen nannten das Raumschiff auch scherzhaft ›Margeton‹, so hieß eine Laus ähnliche Spezies auf dem Planeten ›Margo‹, besser bekannt als ›Attila 4 B‹. Dessen Bewohner unterhielten sich mit knarrenden Lauten, die wie ›marrrrgo‹ klangen. Sie waren fast zwei Meter groß und fraßen alles, was nicht bei eins auf den gummiartigen ›Pleboen‹, dem Hauptgewächs auf ›Margo‹, war.

Aber dieses spezifische Wissen würde sie nicht aus der beschissenen Lage bringen, in der sich der Kreuzer befand.

Der Navigator Porgoo starrte mit Unbehagen auf das 3 D Bild, das die Umgebung ihres Schiffes anzeigte. Er war ein Neptunier und deshalb genauso hoch wie breit und hatte lila Haut. Immer wieder tauchten feindliche Schiffe auf. Was wollten die von ihnen? Porgoo konnte sich das nicht erklären. Aber, dass sie ihnen nicht wohl gesonnen waren, zeigten die zwei, etwa ein Meter großen, Löcher in ihrer rechten Tragfläche.

Glatter Durchschuss hatte K'ten, ihr Waffeningenieur, festgestellt und sein gurrenden Lachen hören lassen. Dabei hatte sich wie immer, wenn er etwas lustig fand, sein Nackenkamm aufgestellt und war purpurrot geworden. K'ten war ein Dormaner, die früher Feinde des Imperiums waren und nun mit ihnen kämpften. Das war das Ergebnis des ›Friedens von ›Mn#kl‹, aber das ist eine andere Geschichte.

Sepp, der Kaptain des Schiffes, musterte seine Mannschaft. Ja, er hieß in dieser Welt mit den verrückten Namen wirklich Sepp, da er als einziger von der Erde stammte. Er war hoch gewachsen, hatte langes weißes Haar und eine markante Nase. Er gehörte dort einem Stamm an, der sich die B'avren nannte und die an Sitten festhielten, die dem Jahr 2560, nach allgemeiner Lesart, nicht mehr entsprachen.

So feierten sie einmal im Jahr ihr Ok'F-est, das jedes mal mit Schlägereien und Alkoholvergiftungen endete, obwohl Suchtmittel eigentlich verboten waren. Angeblich stellten die B'avren illegal ein Getränk, das ›Pier-r‹, nach geheimen Rezept auf dem gleichnamigen Mond ›Pier-r‹ her. Der Standort des Mondes war allerdings geheim.

Aber Sepp kannte ihn und deshalb hatten sie jetzt ihre Frachträume voller ›Pier-r‹.

Sollte das Getränk das Ziel der unbekannten Angreifer sein?

»Meint ihr, die wollen unser ›Pier-r‹?«, fragte Sepp in die

Menge.

»Woher sollten die wissen, dass wir das geladen haben?«, wollte K'ten wissen.

»Das ist ja nun nicht direkt ein Geheimnis. Davon wissen eine ganze Menge Leute!«, antwortete B`barb, die Ärztin des Schiffes. Sie kam vom Planeten ›B`arbi‹, war etwa zwei Meter groß, extrem schlank und immer pink angezogen.

» ›Pie-r‹ hin, ›Pie-r‹ her, wir müssen hier weg! Wir haben zwar genügend von dem flüssigen Gold an Bord, aber unser Vorrat an ›Amantium‹ ist sehr beschränkt. Und ohne diesen Treibstoff fliegt unser Kasten nun mal nicht!«, warf Sepp ein, »Jetzt schlägt deine Stunde Mister Bordingenieur!«

Sepp sah den abgehalfterten Roboter der Typenreihe ›M`bape S`ervice‹ an. An seiner Hülle blätterte bereits der schwarze Lack ab und darunter kam das blanke Blondium zu Tage, aus dem sein Körper bestand.

»Hast du dich deaktiviert oder was? Sprich mit uns M`bape!«, fragte Sepp noch einmal.

»Ich denke nach!« In den Köpfen der Umsitzenden sprangen die implantierten Empfänger an und sie hörten M`bape. Über diese Empfänger waren alle elektronischen Geräte, die sprechen konnten, mit den lebenden Individuen gekoppelt.

»Wir haben nur eine Möglichkeit und das wisst ihr. Aber das ist riskant!« M`bape war, wie immer emotionslos, »Ich würde mich für einen Versuch zur Verfügung stellen!«

»Du meinst das komische Gerät, das wir von den ›M-mor#M-mor‹ erbeutet haben?«, fragte Sepp.

»Wir wissen nicht, was passiert, wenn du dich da reinlegst. Ich habe das Gerät einmal in Aktion gesehen. Allerdings mit einem ›M-mor‹ an der Steuerung. Es ist völlig offen, was geschieht, wenn wir es versuchen«, warf B`barb ein.

»Ich würde sagen, uns bleibt nichts anderes übrig, als es einfach zu probieren. M'bape, schließe unseren ›Amantium‹ Tank und die Energieversorgung an das ›M-mor#M-mor‹ Teil an und gibt uns Bescheid, wenn du soweit bist«, ordnete Sepp an.

»Beeil dich, der Verkehr da draußen wird immer dichter!«, meinte Porgoo.

M`bape verließ den Raum und in den Köpfen aller Anwesenden tönte es:»Ich mache so schnell wie möglich!«

Eine Stunde später rief der Roboter alle zusammen:»Ich bin so weit, kommt alle in den Generatorraum zwei, wir tanken auf!«

Schnell hatten sich alle um das Gerät der ›M-mor#M-mor‹ versammelt. Es sah aus wie eine der Tiefschlafkojen, die auch die NCA 2176 an Bord hatte und die dazu dienten bei extrem langen Deep space Flügen die Mannschaft in den Tiefschlaf zu versetzen und so die Flugzeit für sie zu verkürzen.

Das erbeutete Gerät diente allerdings dazu Treibstoff aus den Lagern der ›M-mor#M-mor‹ zu materialisieren. So konnten die überall ihre Schiffe auftanken. Warum sollte das nicht mit der guten alten ›Margeton‹ auch funktionieren? Bedient wurde der Materialisierer von einem Liegeplatz in seinem Inneren, der den Bedürfnissen der ›M-mor#M-mor‹ angepasst war.

Der Roboter passte gerade so hinein, wenn er die Beine anzog und einen krummen Rücken machte. Aber dazu sollte es erst einmal nicht kommen.

Plötzlich schaltete die Beleuchtung auf rot und in den Köpfen der Besatzung meldete sich der Navigationscomputer:

»Alarm! Ortung von fremden Schiff in Angriffsnähe! Alarmstart in zwei Minuten!«

Sepp brüllte nur:»Alles auf Kampfstation! M'bape du bleibst hier und versuchst diese Scheißkiste zum Laufen zu bringen. Ohne Kraftstoff kommen wir nicht weit!« Dann rannte er los.

Kurz darauf spürte man, dass das Raumschiff durch einen Meteoritenhaufen flog und dabei heftige Kurven vollführte. Es wummerten die Protonenwerfer und man hörte zwischendurch Abschüsse von Materonflugkörpern.

M'bape schlängelte sich unterdessen in den Materialisierer und versuchte ein Stellung zu finden, in der er an alle Bedieneinheiten kam. Er hatte eine vage Idee, wie er das Gerät bedienen konnte. Schließlich lag er auf dem harten, nach dem Körper der ›M-mor#M-mor‹ geformten Sitz, und versuchte die Glaskuppel über sich zu schließen. Doch die klemmte.

Er wurde fast aus dem Sitz geschleudert, als der Kreuzer einen Treffer abbekam.

Auch bei größter Anstrengung gelang es ihm nicht, die Kuppel über sich zu schließen. Er dachte über das Problem nach, was man sich bei einem Nichthumanoiden wie ihm, kaum vorstellen konnte. Es dauerte nur ein Pikosekunde.

»Kaptain, dieses ›M-mor#M-mor‹ Gerät funktioniert nur mit einem Humanoiden drin. Auf einen Roboter reagiert es nicht«, teilte M'bape mit.

»Wir haben momentan aber keine Ressourcen frei! Wir verteidigen mit allem was wir haben und sparen dabei auch noch Treibstoff! Frag doch mal B`barb, die ist als einzige nicht so eingespannt!« Sepp wirkte stark gefordert.

In dem Moment fing sich der Kreuzer wieder einen Treffer

ein. Selbst M'bape mit seinen Schwerkraftschuhen musste sich festhalten.

»Verdammt...«, hörte er noch über seinen Kommunikator.

»B`barb, hast du mitgehört?«, fragte M'bape.

»Ich komme!«, war ihre kurze Antwort.

Kurz darauf erschien die Ärztin in ihrem hautengen Blondium Kampfanzug und warf ihre langen blonden Haare zurück: »So, alter Blechhaufen, da bin ich!«

»Blondiumhaufen, vielleicht...«, murmelte M'bape.

»Was soll ich tun?«, fragte B`barb.

»Das Scheißgerät von den ›M-mor#M-mor‹ funktioniert nur mit einem lebendigen Wesen. Ich als Roboter habe da keine Chance«, klärte sie M'bape auf, »Pass auf, du legst dich in diesen ergonomischen Sitz. Dann musst du nur noch die Glaskuppel über dir schließen und du kannst diesen Hebel ziehen. Solange er unten ist, läuft hoffentlich der Treibstoff.«

»Ich glaube, das schaffe ich!« B`barb grinste und faltete sich in den Schalensitz. Sofort schloss sich die Glaskuppel über ihr. Ihre Lippen bewegten sich, aber M'bape hörte keinen Ton aus dem Kommunikator. Er versuchte sie anzufunken, aber offenbar kam bei B`barb nichts an. M'bape probierte es mit Zeichensprache, aber B`barb hatte schon erkannt, was hier vorging. Sie deutete auf den Kraftstoffhebel und zog daran.

Im selben Moment verspiegelte sich die Glaskuppel, man konnte nicht mehr ins Innere sehen. Nur ein Display am Kraftstoffschlauch zeigte konstant 5000. Was das war, stand da zwar nicht, aber es bedeutete offenbar, dass Treibstoff floss.

M'bape versucht nun verzweifelt den Deckel der Bedieneinheit zu öffnen, aber es bewegte sich nichts. Nur der Kraftstoff floss konstant in die Tanks.

»Kaptain, wir haben hier ein kleines Problem!«, meldete sich M'bape.

»Die Tankanzeige steigt! Wo ist das Problem?«, kam die Antwort.

»Der Doc ist in dieser ›M-mor#M-mor‹ Kiste eingeschlossen.« M'bape wirkte so besorgt, wie ein Roboter es nur sein konnte.

»Ich kann hier jetzt unmöglich weg! Ich habe zwei ›A'kr‹ Zerstörer am Arsch!« Dann brach der Kontakt ab.

M'bape beugte sich über den Materialisator und klopfte gegen die Scheibe. Nichts rührte sich, nur der Treibstoff floss.

»Doc? Lebst du noch?«, fragte der Roboter, obwohl er sich sicher war, dass sie ihn nicht hören konnte.

Nur die Protonenwerfer wummerten und man hörte zwischendurch Abschüsse von Materonflugkörpern. Gerade flog der Kaptain wieder einige Schlangenlinien, dann wurde es plötzlich still.

M'bape nahm Verbindung mit dem Ortungssystem auf, das meldete, dass keine feindlichen Flugkörper mehr im Abtastbereich waren. Offenbar hatte der Kaptain es geschafft, die feindlichen Schiffe abzuhängen.

Kurz darauf kam er in den Generatorraum zwei gerannt, im Schlepptau hatte er K'ten. Dann standen die drei vor dem Materialisator. Der gab ein zischendes Geräusch ab. Der Tankzähler lies bei jeder 10.000 Stufe ein helles Plingen erklingen.

Abrupt brach er ab, irgend ein grünes Licht zeigte offenbar

an, dass die Tanks voll waren. Es herrschte Stille.

»Und jetzt? Lebt B`barb noch oder ist sie tot?«, fragte K'ten vorsichtig.

»So lange dieser Deckel zu ist, wissen wir das nicht!«, meinte Sepp, und hieb mit der Faust auf das verspiegelte Glas ein.

»Wir wissen zumindest, dass sie bis zuletzt den Hebel nach unten gedrückt hat«, stellte M'bape fest.

»Weißt du, ob der Hebel einrastet oder was?« Sepp reagierte panisch.

»Keine Ahnung...«, nuschelte der Roboter kleinlaut.

»Lebst du oder was?« K'ten warf sich über die Glaskuppel, »Ich liebe dich!«

Dann wechselte plötzlich wieder das Deckenlicht zu rot und der Navigationcomputer stellte lapidar fest: »›M-mor#M-mor‹ Raumkreuzer im Anflug!«

»Was wollen die gerade jetzt?«, fragte Sepp und rannte los.

Logbuch des leichten Kreuzers NCA 2176, Sternzeit 38:11-55:44, Ende Eintrag ›NCA2176‹

Kaptain Sepp, muss jetzt an die Waffen, weiterer Bericht in Logbucheintrag ›B`barb‹

›Myxogastria rapaxas rosensis‹

Ein Pilz trägt keine Hose,

dafür duftet er wie ein Rose.

Lass Fleisch sein Gemüse sein

und steck lieber nicht die Nase rein.

Da hilft auch nicht die schönste Pose.

»Endlich weiß ich, was ich Roxanne zu unserem 20. Hochzeitstag schenke!« Joachim nahm einen Schluck von seinem sündhaft teuren Single Malt Whiskey. Dabei rutschte er auf seinem bequemen Ledersessel nach vorne und fixierte mit seinen grünen Augen durchdringend seinen Freund Dieter.

Die beiden saßen in der Lounge der Bar ›Magnifico‹. Die Kneipe war momentan der angesagte Ort in Nürnberg. Dabei war sie wirklich nicht sehr einladend. Die Wände waren größtenteils verspiegelt und die Neonröhren an den Wänden strahlen ein ungemütliches Licht aus. Eigentlich passten die Beiden auch nicht zu den Yuppies, die den Großteil der Gäste ausmachten. Die verwöhnten Kinder von reichen Eltern hingen hier ab, bis die einschlägigen Tanzpaläste aufmachten.

Joachim und Dieter fielen mit ihrer Kleidung nicht aus dem Rahmen. Sie trugen BOSS Hemden und JOOP! Sakkos in gedeckten Farben. Nur ihre faltigen Gesichter und die grau melierten Haare ließen sie wie Saurier erscheinen.

»Ich soll dich jetzt fragen, was dieses unglaubliche Geschenk ist?«, vermutete Dieter.

»Ganz recht! Und ich habe da ein Problem. Man kann es nicht kaufen«, stellte Joachim lapidar fest.

»Dann ist das ja wohl gegessen. Nächster Programmpunkt.« Dieter war eher der Pragmatiker.

»Nix nächster Programmpunkt! Eine Möglichkeit gäbe es da.« Joachim tat geheimnisvoll.

Dieter starrte Joachim an. Der zog seine runzelige Stirn in noch mehr Falten. Dann schien ihm die Erleuchtung zu kommen: »Sollen wir das Geschenk klauen oder was?«

»Du bist ein Schnellmerker!« Joachim prostete Dieter zu.

»Wir beiden Oldies mit Arthrose und anderen Zipperlein sollen irgendwo einbrechen? Spinnst du? Was ist denn so außergewöhnlich, dass man es nicht kaufen kann?« Dieter schien Blut geleckt zu haben.

Joachim grinste geheimnisvoll.

»Erstens, so alt und gebrechlich sind wir auch noch nicht. Zweitens, was der Körper nicht mehr hergibt, müssen wir halt mit Köpfchen ausgleichen! Und, was schenkt man einer Biologieprofessorin, die schon alles hat?«

»Ein...«, Dieter dachte offenbar nach. Er nahm einen Schluck von seinem irischen Scotch und zuckt mit den Schultern.

»Nun sag schon, was es ist!«, bohrte er nach.

Joachim sah gegen die Decke und erklärte dann mit leiser Verschwörerstimme: »Es ist ein Pilz, genauer gesagt ein roter Schleimpilz, der ›Myxogastria rapaxas rosensis‹, dessen Fruchtkörper verführerisch nach Rosen duften!«

»Na ja, wenn man schon alles hat...« Dieter schien nicht begeistert.

»Blödkopf, für Roxanne wäre das das Schönste überhaupt!«, regte sich Joachim auf.

»Sorry! Kann ich nicht nachvollziehen!« Dieter ruderte etwas zurück.

»Jetzt zu unseren Einbruchsplänen!«, begann Joachim.

»Welche Einbruchspläne? Habe ich da was verpasst?« Dieter sah Joachim erstaunt an.

»Na, du bist doch dabei, wenn wir den Pilz organisieren? Oder? Abenteuer!«, Joachim gab sich euphorisch.

»Na ja, anhören kann ich mir deinen genialen Plan ja mal!«, meinte Dieter gedehnt.

»Folgendes...«, begann Joachim.

Eine Woche später saßen beide in Dieters Benz vor dem Gebäude des ›Biologischen Institutes‹ der Friedrich Alexander Universität in Erlangen. Es war ein dreistöckiger Bau mit einer getönten Glasfront, das auf der anderen Straßenseite stand. Ein Rasenstreifen umgab das Gebäude.

Die Uhr zeigte 23:00 Uhr und es war stockdunkel. In dieser bitter kalten Novembernacht wehte ein eisiger Ostwind und der Wetterbericht hatte leichten Schneefall vorausgesagt. Beide Männer waren schwarz gekleidet. Die dunklen Rucksäcke mit der Ausrüstung lagen auf dem Rücksitz des Autos.

»Dann wollen wir mal!«, sagte Joachim und stieg aus. Dieter folgte ihm. Die beiden zogen die Rucksäcke über und schlossen die Autotüren mit sanftem Klicken. Auf der Straße war niemand zu sehen. Bei diesem Wetter hätte man auch keinen Hund auf die Straße gejagt.

»Unseren nächsten Einbruch machen wir im Juli!«, stellte Dieter leise fest und zog sich die Wollmütze über die Ohren.

»Schnauze!«, Joachim war voll konzentriert. Sie überquerten die Straße und den Rasen vor dem Universitätsgebäude und liefen dann um die Ecke zur Rückseite des Gebäudes.

Dort blieben sie stehen. Vor ihnen sahen sie eine Reihe von Fenstern, die alle gleich aussahen.

»Den Plan!«, sagte Joachim nur.

Dieter öffnete seine Steppjacke und holte ein Papier aus der Innentasche. Gleichzeitig förderte Joachim zwei Headlamps aus seinem Rucksack zu Tage und setzte eine auf. Die andere gab er Dieter.

Der leuchtete auf das Blatt und sagte dann bestimmt: »Es ist das dritte Fenster von links!«

»Dann sind wir ja fast schon richtig. Gib mir den Glasschneider!«, kommandierte Joachim. Dieter holte aus seinem Rucksack das Gerät und drückte ihn seinem Komplizen in die Hand.

»Eins, zwei, drei!«, zählte Joachim die Fenster ab und setzte dann den Sauger des Schneiders in Höhe des Fenstergriffes an. Es gab ein unschönes, schrilles Geräusch, als er einmal damit im Kreis fuhr. Er legte das ausgeschnittene Glasstück auf den Boden, griff in das entstandene Loch im Fensterglas und öffnete die Verriegelung des Fensters auf der Innenseite.

»Keine Alarmanlage, wer hätte das gedacht!« Joachim konnte es nicht fassen. Er half Dieter über die Kante des offenen Fensters. Der zog anschließend Joachim in das Zimmer. Beide atmeten schwer und blieben erst einmal stehen, um wieder zu Luft zu kommen.

»So, genug gerastet!«, befahl Joachim, »Suchen wir den Brutschrank des Pilzes!«

Die zwei orientierten sich kurz auf dem Plan und verließen dann das Zimmer. Sie standen in einem dusteren Gang.

»Da, die Tür mit der roten Signallampe darüber muss es sein!«, behauptete Joachim.

Dieter war schon dort und las das Schild neben der Tür vor: »Breading Room, Caution Poison! He, was ist da giftig? Hast du mir etwas verschwiegen?«, zischte er.

»Das machen die wegen der Haftung. So ein Schleimpilz ist doch nicht giftig! Lächerlich!«, beschwichtigte ihn Joachim.

»Nach dir! Wenn du umkippst, bist du auf dich gestellt!«, stellte Dieter fest.

»Memme!«, Joachim öffnete die Tür.

Plötzlich begann die Lampe über der Tür rot zu blinken! Dieter zuckte zusammen. Joachim zog den Kopf ein. Beide warteten darauf, dass eine Sirene ertönen würde. Doch nichts geschah.

Sie atmeten erleichtert auf. Hintereinander traten sie in den Raum.

»Du nimmst den ersten Schrank! Roter Schleimpilz in einer Petrischale! Ich hab dir ja ein Bild gezeigt!«, legte Joachim fest und öffnete den zweiten Schrank.

Die nächsten Minuten verliefen mit Suchen und Schweigen.

»Ich hab ihn!«, sagte plötzlich Dieter und hielt eine Petrischale mit Deckel hoch, »Lass uns mal rein riechen, bin schon gespannt!«

»Dafür ist jetzt keine Zeit! Raus hier!«, befahl Joachim panisch.

Sie rannten über den Flur in das Zimmer mit dem offenen Fenster. Draußen fuhren gerade zwei schwarze Vans vor.

»Mist, die haben einen stillen Alarm, ich hab`s vermutet! Raus! Raus!«, Joachim schob Dieter zum Fenster.

Während die Wachmänner ausstiegen und zum Haupteingang liefen, sprangen, nein, fielen eigentlich mehr, die Einbrecher aus dem Fenster und rannten in der Dunkelheit zu ihrem Auto. Sie waren gerade eingestiegen, als die Außenbeleuchtung des Gebäudes anging und alles in grelles Licht tauchte.

»Das war knapp!«, schnaufte Dieter. Joachim fuhr mit quietschenden Reifen los.

Zwei Tage später war es dann so weit. Joachim und Roxanne feierten den 20. Hochzeitstag. Joachim hatte Dieter auch eingeladen, da er ja an der Beschaffung des Geschenks beteiligt gewesen war.

Für die Petrischale des Schleimpilzes hatte Joachim aus einem Alublock einen Sockel fräsen lassen, der wegen der Optik gelb lackiert war. Er hatte die Schale schon einmal testweise in die Vertiefung gestellt und war vom optischen Eindruck überzeugt. Außerdem war noch ›Zum 20. Hochzeitstag, in Liebe Joachim‹ eingefräst.

Mehr konnte er nicht machen. Die Illusion war perfekt. Der Schleimpilz hatte inzwischen auch lila Fruchtkörper ausgebildet, die einen betörenden Rosengeruch verströmen sollten. Joachim hatte es vermieden daran zu riechen. Aber das Ding sah aus wie aus einem psychedelischen Drogentraum.

Gemeinsam tranken sie ein Glas Sekt und dann sagte Joachim zu Roxanne: »Ich habe ein Geschenk für dich, das du dir in deinen wildesten Träumen nicht vorstellen kannst! Dieter hat mir dabei geholfen es zu besorgen!«

Joachim ging zu einem kleinen Tischchen, das mit einem schwarzen Tuch abgedeckt war.

»Kommt näher und staunt!«, sagte Joachim wie ein Profizauberer.

Dieter und Roxanne stellten sich um das Tischchen und Joachim zog das Deckchen von dem Alublock mit der Petrischale.

»Schatz! Das ist...«, Roxanne fiel Joachim um den Hals, »...Wahnsinn!«

»Riech` daran, du wirst begeistert sein!«, schlug Joachim vor, »Du auch Dieter!«

Roxanne hob vorsichtig den Deckel der Petrischale und sog den Duft ein.

Wie berauscht sagte sie zu Dieter: »Das ist Wahnsinn! Das musst du unbedingt riechen!« Dieter nahm auch eine große Nase voll und schloss dabei die Augen, als ob er einen Jahrhundertwein verkosten würde.

Joachim nahm den Deckel und legte ihn penibel wieder auf die Schale. Dann winkte er die beiden anderen in den Nebenraum und schloss die Tür.

»Setzt euch, ich habe euch etwas zu sagen!«, begann er mit dunkler Stimme und wies ihnen Stühle am Esstisch zu, »Zuerst muss ich euch aufklären, was der Name des Schleimpilzes bedeutet. Myxogastria heißt Schleimpilz, rapaxas bedeutet soviel wie Raubtier und deutet darauf hin, dass der Pilz sich von Fleisch ernährt. Rosensis spricht für sich selbst und weist auf den betörenden Duft hin, den seine Fruchtkörper verströmen. Natürlich pflanzt sich der Pilz über Sporen fort, die man aufnimmt, wenn man sie einatmet, beziehungsweise wenn sie mit Fleisch, vor allem mit glitschigem, feuchten, in Berührung kommen. Muss ich noch weiter ausholen? Ihr habt beide wie die Wahnsinnigen daran herumgeschnüffelt und Trillionen von Sporen aufgenommen und ihr seid aus Fleisch. Zählt eins und eins zusammen.«

Dieter sah Roxanne an und fragte dann, offenbar mit einer schrecklichen Vorahnung:»Erklär mir mal, um was es hier geht!« Es entstand eine Pause. Dann wurde Roxanne offenbar etwas klar.

»Der Pilz wird uns verdauen, ganz einfach. Und wir können nichts dagegen tun!«, sie sah Dieter an und flüsterte dann an Joachim gewandt,»Aber du hast doch auch die Sporen aufgenommen?«

»Ja, aber ich habe eine sporentötende Salbe in der Nase und nicht durch den Mund geatmet, wie euch vielleicht aufgefallen ist.« Joachim sah Roxanne und Dieter triumphierend an,»Wie du schon richtig erkannt hast Liebste, lebt ihr noch, seid aber aber quasi gleichzeitig schon tot! Ist das nicht lustig!«

»Aber wieso machst du so etwas?«, Roxanne sah ihn entsetzt an und versuchte den Klos im Hals hinunter zu schlucken.

»Ja, du Wahnsinniger, was ist in dich gefahren? Ich bin dein bester Freund und du murkst mich einfach so ab!«, Dieter war aufgesprungen und ging drohend auf Joachim zu.

»Ganz einfach! Ich weiß schon seit geraumer Zeit, was ihr so hinter meinem Rücken treibt. Ich würde so etwas Ehebruch nennen! Und dafür bezahlt ihr jetzt mit eurem Leben. Mit mir ist so etwas eben nicht zu machen.«, Joachim grinste schief,»Ich lass euch jetzt mal allein!«

›B`barb‹

Im All ist man nie allein,

aber ohne ›Pier`r‹ sollte man nicht sein.

Ein Tausch ist schnell gemacht,

und schon taucht man ein in die Nacht.

Nur damit kann man sich aus misslicher Lage befrein.

Logbuch des leichten Kreuzers NCA 2176, Sternzeit 41:11-52:00, Donnerstag 23.10.2560 8:30 Uhr, Eintrag ›B`barb‹

Kaptain Sepp Oberbichler, Navigator Porgoo, Waffeningenier K`ten, Schiffsärztin B`barb und Bordingenier M`bape auf dem Rückflug vom Mond Pier-r mit einer Ladung ›Pier-r‹. Momentan in Schwierigkeiten wegen verstärktem Auftreten von ›M-mor#M-mor‹ Schiffen.

Auf dem leichten Kreuzer NCA 2176 lag die Schiffsärztin B`-barb in der Maschine der ›M-mor#M-mor‹ im Generatorraum zwei. Die Glaskuppel über der Liege hatte sich verspiegelt, als sie den Tankhebel drückte und jegliche Sicht und Kommunikation nach außen, beziehungsweise nach drinnen, war abgeschnitten.

Die anfangs extrem ungemütliche Liege hatte sich in Sekundenschnelle an den Körper der Ärztin angepasst. Sie lag super bequem und entspannt vor den Knöpfen und Anzeigen der Tankanlage.

Nachdem sie den Tankhebel nach unten gedrückt hatte, leuchtete ein Zählwerk auf und die Ziffern zählten beständig nach oben. B`barb wunderte sich, dass die ›M-mor#M-mor‹

auch das Duodezimalsystem benutzten. Außerdem sagte eine Stimme rhythmisch irgendetwas in der Sprache der ›M-mor#M-mor‹. Es war das Gezischel dieser echsenartigen Spezies. Sie verstand rein gar nichts. Aber sie hatte doch den Translator in ihrem Kommunikator, der an ihrer Hüfte hing. Allerdings hatte sie ihn schon lange nicht mehr benutzt und irrte durch diverse Haupt- und Untermenüs, bis sie ihn in dem Gerät fand.

Und dann verstand sie das Gezischel. Eine Stimme zählte stetig hoch. In Sprüngen von 5000 ›Zorgs#Zorgs‹. B`barb wusste, dass das die Währung der ›M-mor#M-mor‹ war. Aber wie rechnete man die in P`nunten, ihre eigene Währung, um?

Sie hatte keine Ahnung! Aber sie konnte ja dank ihres Translators mit der Maschine reden.

»Bitte in P`nunten ansagen!«, bat sie die Stimme.

»90.345«, war die nächste Ansage der Maschine.

Das war viel! Auf der anderen Seite wusste sie aber nicht, für wie viel Treibstoff sie 90.345 P`nunten zahlen sollte. Aber das könnte sie sowieso nicht. Sie verdiente lächerliche 15.000 im Monat.

Aber das sollte nicht ihr Problem sein. Für finanzielle Dinge war Sepp, ihr Kaptain, zuständig. Wichtiger war jetzt, dass sie aus ihrer Liegekoje wieder raus kam.

Das ganze Dilemma hatte damit begonnen, dass sie den Hebel gedrückt hatte. Also ließ sie ihn folgerichtig wieder los.

Aber die Verspiegelung löste sich nicht ging auf und der Deckel blieb zu. Gerade wollte sie damit beginnen alle Knöpfe der Reihe nach zu drücken, als wieder ein Stimme ertönte.

»Sie können die ›X`Andr#X`Andr‹ erst verlassen, wenn sie die Rechnung beglichen haben.«

Scherzbold, wie sollte sie das machen? Wahrscheinlich hatte sie gerade mal 10 P`nunten dabei. So ein Mist! Kein Kontakt zum Kaptain, kein Geld, keine Freiheit, kein Leben!

»Für Geld ist Sepp, unser Kaptain, zuständig, nicht ich!«, sagte sie ärgerlich. Gleichzeitig drückte sie wieder den Tankhebel. Sofort begann das monotone Hochzählen wieder.

»S`Sepp verstanden!«, kam prompt die Antwort.

Den Rest sollten die beiden mit einander ausmachen.

Außerhalb der ›X`Andr#X´Andr‹ herrschte leichte Panik, da das ›M-mor#M-mor‹ Schiff wie aus dem Nichts neben der NCA 2176 erschienen war. Für eine Flucht war es eindeutig zu spät. Sepp wusste, dass die ›M-mor#M-mor‹ die einzige Spezies war, die so genau aus dem Hyperraum heraus navigieren konnten. Die als Feinde zu haben, war wahrlich kein Spaß.

So viel er wusste, war der Status mit ihnen momentan ungeklärt. Mal mochte man sich, mal nicht. Wie der aktuelle Stand war, wusste er nicht. Vorsichtshalber fuhr er die Schilde mal hoch und harrte der Dinge, die da kommen sollten.

»›S`Sepp#UnserK`Kaptain‹ wir bekommen 180.000 ›Zorgs#Zorgs‹ für das ›M`Magnetom‹«, hörte er eine Stimme und das Bild eines echsenartigen Lebewesen tauchte in seinem Display auf.

Das war jetzt saublöd. Eigentlich hatte er vorgehabt, den Treibstoff kostenlos abzusaugen. Dass den ›M-mor#M-mor‹ offenbar egal war, wer bei ihnen tankte, war ihm nicht klar gewesen. Hauptsache es gab Kohle, war scheinbar deren Einstellung. Damit hatte er nicht gerechnet. Er musste Zeit gewinnen, um zu flüchten. Die Kohle hatte er nämlich nicht!

»Mit wem habe ich die Ehre?«, fragte er scheinheilig.

»Mit ›Z`Zahlmeister L`Quarz#L`Quarz‹«, kam die Antwort.

In der ›X`Andr#X´Andr‹ machte sich bei B`barb Unbehagen breit. Was dauerte da so lange? Aber sie hatte eine ungute Vermutung. Sepp hatte den nötigen Zaster natürlich nicht. Er war davon ausgegangen, dass sie den Treibstoff klamm heimlich umsonst absaugen konnten. Und sie würde das jetzt büßen müssen! Sie würde in einer Maschine eingeschlossen verhungern und verdursten. Das nur, weil sich Sepp verkalkuliert hatte.

Tränen liefen ihr über das Gesicht. So würde es also enden, ihr heroischer Einsatz im All. Das war nichts, worüber noch Generationen Heldenarien singen würden. Es würde kein B`barb Denkmal neben der Siegessäule auf der guten alten Erde geben, nicht einmal ein Täfelchen an der Gedenkmauer der gefallenen Helden der Revolution.

»Ich will sie nicht hinhalten, aber wir haben die Kohle nicht!«, gestand inzwischen Sepp dem ›Z`Zahlmeister L`Quarz#L`Quarz‹.

»Das verstehe ich nicht! Was ist Kohle?«, fragte der zurück.

»Die ›Zorgs#Zorgs‹!« Sepp ging das Gespräch auf die Nerven. Das Echsenportrait verschwand vom Display. Sepp hatte den Finger auf dem Auslöser für die Protonentorpedos und wartete jeden Moment darauf, dass der ›Z`Zahlmeister L`Quarz#L`Quarz‹ das Feuer eröffnen würde.

Da tauchte das Echsenbild wieder auf: »Wir haben ihr Schiff gescanned und festgestellt, dass sie größere Mengen ›Pier-r‹ an Bord haben. Wir könnten ein Tauschgeschäft machen. 400 ›M`Tot#M`Tor‹ ›Pier-r‹ und wir sind quitt!«, schlug der Z`Zahlmeister vor.

»Moment!«, sagte Sepp und schaltete den Ton der Verbindung weg, »Bordcomputer, wie viel sind 400 ›M`Tot#M`Tor‹ in Litern?«

»3265,33 Liter!«, kam die prompte Antwort. Das war ein Schnäppchen! Was Sepp nicht wusste war, dass bei den ›M-mor#M-mor‹ auch absolutes Alkoholverbot herrschte und sie für Alkohol alles machten.

» ›Z`Zahlmeister L`Quarz#L`Quarz‹ wir sind einverstanden und schicken ihnen ein Beiboot mit dem ›Pier-r‹ rüber!!« Er bekam keine Antwort, nur tumultartiger Lärm war zu hören.

Dann stand Sepp mit M`Bape und K`ten vor dem Materialisator. Der war immer noch verspiegelt und geschlossen.

»Vielleicht hat der ein Zeitschaltuhr und geht verzögert auf«, mutmaßte K`ten.

»Naja, dann warten wir mal ab! Aber ich bin nicht schuld, wenn B`barb das nicht überlebt!«, sagte Sepp verdrießlich.

»Das hängt von so vielen Faktoren ab. Es wäre nicht deine Schuld!«, warf M`bape ein.

Sie standen um den Materialisator und warteten.

»Unser Beiboot haben sie auch nicht zurück geschickt!«, merkte dann K`ten an.

»Ich sprech` noch mal mit dem Geldeintreiber!«, sagte daraufhin Sepp. Er ging mit M`bape zurück in die Zentrale und schaltete den Kommunikator ein.

»Leichter Kreuzer NCA 2176 ruft ›Z`Zahlmeister L`Quarz#L`Quarz‹«, versuchte er Kontakt auf zu nehmen. Nichts geschah.

»Das Beiboot kommt zurück! Aber wo fliegt das denn hin? Spinnen die! M`bape Traktorstrahl sofort!« Sepp war total aufgelöst. Souverän holte M`bape das Boot zurück zu ihrem Schiff.

»Kaptain, das Ding ist entspiegelt und aufgegangen. B´barb lebt! Sie ist etwas angeschlagen, aber nichts, was man nicht

41

mit ein paar Gläsern ›Pier-r‹ wieder auf die Reihe kriegen könnte.«, meldete K`ten.

»Super! Wir treffen uns im Aufenthaltsraum!«, sagte Sepp und schaute ungläubig auf sein Display. Das ›M-mor#M-mor‹ Schiff drehte sich taumelnd ein paar mal im Kreis, flog dann los, um wieder anzuhalten. Es zerschoss mit einem Protonenstrahl einen Meteoriten, der im Weg war, dann setzt es in Schlangenlinien den Flug fort und tauchte in den Hyperraum ein.

»Das waren wohl ein paar Gläschen ›Pier-r‹ zu viel!«, lachte M´bape, »Und jetzt zurück zur Auferstandenen!«

Logbuch des leichten Kreuzers NCA 2176, Sternzeit 42:14-52:32, Ende Eintrag ›B`barb‹

Unterbrechung des Eintrag wegen Feier, weiterer Eintrag unter ›Pier-r‹.

›Der Schriftsteller‹

Es war ein Schriftsteller irgendwo,
der war momentan gar nicht so froh.
Er musste schreiben ein weiteres Werk,
das lag vor ihm wie ein Berg,
aber Hefeweizen liebte er trotzdem ebenso.

Tag 1, morgens
Der Schriftsteller Wolfgang Prakl saß am Schreibtisch in seinem Arbeitszimmer und starrte den Bildschirm seines Laptops an. Vor den großen Fenstern des Raumes sah man tief hängende Wolken und die Regentropfen, die gegen die Scheibe schlugen. Es war ein extrem unfreundlicher Junitag, der zu seiner negativen Stimmung passte. Die Klimakatastrophe hatte mal wieder zugeschlagen.

Gedankenverloren strich er sich durch sein graues Haar, das sich an der Stirn schon verdächtig lichtete. Er hatte mit 63 Jahren sein unerwartet erfolgreiches Erstlingswerk ›Fränkische Sprudeltablette‹ geschrieben. Dann hatte er sich auf dem späten Ruhm ausgeruht. Doch jetzt saß ihm sein Redakteur im Nacken.

»Wir müssen den nächsten Roman nachschieben, bevor kein Hahn mehr nach dir kräht!«, hatte der postuliert und Wolfgang streng angesehen.

Nach dieser wenig erbaulichen Besprechung war Wolfgang aufgewühlt nach Hause gefahren, hatte sich zur Beruhigung erst mal ein Hefeweizen eingeschenkt und sich auf die Liege auf der Terrasse gesetzt. Die bot einen formidablen Ausblick auf den Zenngrund, der hinter dem Grundstück begann. Genau richtig zum Entspannen. Er nahm sich vor, nach dem Bier sofort zu schreiben anzufangen. Eine klare Vorstellung, worum es in dem neuen Buch gehen sollte, hatte er zwar noch nicht nicht, hoffte aber auf eine spontane Eingebung.

Aber es war sinnlos, sein Gehirn war leer. Er holte sich ein weiteres Hefeweizen.

Tag 2, vormittags
Am nächsten Morgen war er mit einem veritablen Brumm-schädel aufgewacht. Eins der fünf Hefeweizen war wohl schlecht gewesen. Er nahm zwei Aspirin und schwor sich, wenn es ihm besser ginge, sofort mit seinem neuen Werk zu beginnen.

Dann saß er wieder an seinem Schreibtisch und hatte nicht die leiseste Idee, wovon sein neuer Roman handeln sollte. Inzwischen hatten sich die Wolken draußen verzogen und die Sonne strahlte vom Himmel.

»Du hast es gut!«, sagte er zu seinem Hund Maxwell und tätschelte dessen Kopf, »Wie dein Namensvetter sage ich keine elektromagnetischen Wellen, aber das Entstehen eines neuen Buches, voraus.« Maxwell sah sein Herrchen mit unergründlichem Hundeblick an.

»Du bist auch keine Hilfe, blöder Köter!«, kanzelte daraufhin Wolfgang Maxwell ab und wandte sich wieder seinem Rechner zu.

Das leere Blatt seines Schreibprogramm starrte ihn an. Verzweifelt ließ er seinen Blick schweifen und sah aus seinem Fenster. Draußen strahlte immer noch die Sonne. 30 Grad sollten es heute werden. Das war eigentlich kein Tag zum Schreiben. Er würde eine Runde Motorrad fahren, ja, das würde er machen! Die neuen Eindrücke würden sicher seine Phantasie anregen.

Aber die Ausfahrt mit dem Motorrad fiel dann doch aus. Sein Weg führte dummerweise am Kühlschrank vorbei. Darin lagerten einige Flaschen eiskaltes Hefeweizen, die dringend geöffnet werden wollten.

Dann verbrachte er den Nachmittag und Abend in Gesellschaft einiger Hefeweizen auf seiner Terrasse und schlief schließlich auf dem Liegestuhl ein.

Tag 3, vormittags
Jetzt taten ihm von dieser bescheuerten Liege alle Knochen weh, vor allem aber sein größter, der Schädel. Aber daran waren wahrscheinlich die Bierchen schuld. Trotzdem war er fest entschlossen, heute die ersten Zeilen zu schreiben.

Sein Gehirn kam ihm vor wie eine Spanschachtel in der seine Ideen eingesperrt waren. Wenn er nur den Deckel öffnen könnte! Die Ägypter hatten doch das Schädelbohren praktiziert, das wäre jetzt nötig gewesen. Loch rein in den alten Knochen und schon würden die Ideen aus ihm heraussprudeln.

Langsam kam er zu der Befürchtung, dass sein Erstlingswerk auch sein Letzlingswerk werden würde.

Er zog virtuell am Deckel der Schachtel. Er klemmte, öffnete sich nicht. Vielleicht sollte er sie erst mal schütteln. Vorsichtig bewegte er das Behältnis hin und her. Irgendwas rührte sich da! Gab es doch noch irgendwelche Gedanken, die man verwenden könnte? Mit frischem Mut hob er die Hände über die Tastatur und wartete auf die Eingebung.

Maxwell leckte an seinem nackten linken Fuß, offenbar hatte er Hunger. Das war das Stichwort. So ein kleiner Imbiss würde sicher sein Gehirn auf Trab bringen.

Er lief in die Küche, holte eine angebrochene Dose Hundefutter aus dem Kühlschrank und füllte den Napf seines Hundes.

Als er die Dose zurückstellte, musste er unbedingt eine Flasche Weizen herausnehmen und öffnen.

Tag 4, vormittags
Am nächsten Morgen sah der Schriftsteller Wolfgang Prakl einer Kopfschmerztablette zu, die sich sprudelnd in einem Glas Wasser auflöste, das auf seinem Schreibtisch stand. Vor den Fenstern seines Arbeitszimmers war nur blauer Himmel zu sehen, die Sonne brannte schon jetzt unerbittlich herunter.

Gestern Nachmittag hatte er hart daran gearbeitet, die Kiste mit seiner Geschichte im Kopf in Bier aufzulösen, aber es war ihm einfach nicht gelungen. Er war wieder im Liegestuhl eingeschlafen. In weiser Voraussicht hatte er schon zwei Auflagen auf das Gestell gelegt. Seinen alten Knochen ging es heute sehr viel besser als gestern.

Hatte er nun eine Geschichte, die er erzählen konnte oder nicht?

Er wackelte mit dem Kopf.

Außer einem stechenden Schmerz kam gar nichts. Eins der sechs Bierchen gestern war wohl schlecht gewesen. Er würde die Brauerei verklagen! Das war Körperverletzung!

Gedankenverloren schlürfte er sein Getränk mit Zitronengeschmack und wartete auf die Wirkung.

Dann schrieb er ›Kapitel 1‹ auf das leere Blatt in seinem Rechner. Ha! Es konnte beginnen! Sein Zeigefinger kreiste über der Tastatur. Wo war sie, die Geschichte? Der erste Satz hatte sich verklemmt, blockierte den Deckel. Er stellte sich seine Geschichte als lebendiges Wesen vor. Momentan war sie sicher eine Küchenschabe, aber wenn er sie erst einmal aus der Kiste hatte, würde sie sicher wachsen und zur Löwin werden.

Er dachte an den Löwen auf dem Etikett der Weizenflasche der Brauerei ›Löwenbräu‹. Das war eindeutig ein Zeichen. Er würde die Löwin befreien und das mehrfach. Guten Mutes stand er auf und ging in Richtung Küche und damit Kühlschrank.

Tag 5, vormittags

Die Löwin war eindeutig befreit und mit ihr die Geschichte. Das neue Buch lebte! Wer hätte das gedacht. Bis jetzt hatte er es für tot gehalten!

Die Löwin war erwacht! Aber sie war noch schüchtern und traute sich nicht so Recht hinter ihrer Deckung hervor. Ob man um 9:00 Uhr schon ein Weizen trinken konnte? Wieso eigentlich nicht!

Tag 6, mittags

Wieder eine Nacht auf der Liege auf dem Balkon! Langsam gewöhnte er sich daran.

Die Löwin war immer noch da. Er warf ihr einen Brocken Fleisch hin. Sie bedankte sich, indem sie ihm mit ihrer rauen Zunge über die Hand leckte und zärtlich an seinen Finger knabberte.

Gerade wollte er ihr über den Kopf streicheln, als sie zubiss. Seine Hand verschwand in ihrem Maul, Blut spritzte auf das samtige Löwenfell, schreiend versuchte Wolfgang zu flüchten. Aber mit einem weiteren Haps verschwand der restliche Kerl in dem Raubtier.

Wolfgang schüttelte den Kopf, was für ein Blödsinn! Er war doch nicht Professor Grzimek, der eine Tiersendung moderierte.

Aber jetzt war ihm zumindest eins klar, sein neuer Roman würde in Afrika spielen und mit illegalem Tierhandel zu tun haben. Er hatte da schon ein paar exzellente Ideen! Gut, dass das Raubtier in seiner Schachtel überlebt hatte und nicht tot war.

Es ging doch nichts über ein geniales Schriftstellergehirn! Wer sonst könnte sich so etwas ausdenken?

Wenn das kein Grund für ein Hefeweizen war!

Tag 7, abends

Er hatte ausgiebig seine Idee mit Afrika gefeiert. Dann hatte es zu regnen begonnen. Also keine Nacht auf dem Liegestuhl, er wanderte in sein Bett. Wie er feststellte schmeckte auch dort so ein eiskaltes Hefeweizen.

Am Morgen regnete es immer noch. Er hatte sich noch einmal in seinem Bett umgedreht und war erst wieder um halb zwölf aufgewacht. Dann hatte er ausgiebig gefrühstückt und war mit dem Hund gegangen.

Dabei dachte er über seine Idee für sein neues Buch nach. Hatte er überhaupt eine eine Ahnung von illegalem Tierhandel und außerdem interessierte es ihn auch überhaupt nicht. Er sperrte das Raubtier wieder in den Karton.

Sollte es doch abkratzen! Es war für nichts gut!

Vorsichtig schüttelte er jetzt die Kiste. Kein Laut drang mehr an sein Ohr. Entweder war der Löwe beleidigt oder er war tot. Egal! Irgendwie war er heute gut drauf, das lag vielleicht auch an dem zweiten Weizen, das er bereits wieder intus hatte.

Später war er auf der Wohnzimmercouch eingenickt. Das Fernsehprogramm war auch so was von öde.

Tag 8, morgens
Wolfgang Prakl, der Starschriftsteller und Erfolgsautor saß nackt auf seinem Schreibtischstuhl. So voll Tatendrang hatte er sich lange nicht gefühlt. Vielleicht lag es auch daran, dass er gestern nur vier Weizen getrunken hatte. Aber wer wusste schon, was so ein Körper machte? Auf jeden Fall brauchte er eine neue Perspektive und die würde seine Nacktheit garantieren.

Der Löwe hatte sich nicht mehr gemeldet, tot oder nicht! Egal!

Er sah aus dem Fenster und dort liefen kleinen Wichtel in gelben Regenjacken mit den Zipfelkapuzen herum. Vielleicht sollte er etwas über Außerirdische schreiben? Ein Science Fiction Roman wäre doch mal was.

Aus der Kiste spähte ein Außerirdischer mit grüner Knubbelnase und Trichterohren.

Was hast du mit dem Löwen gemacht?, rief Wolfgang ihm zu. Keine Antwort. Der Deckel der Kiste schloss sich wieder. Jetzt hatte er es also mit grünen Männchen zu tun. Grüne Männchen und ein Löwe in einer Kiste, da war ja wohl klar, wer überleben würde.

Natürlich die Grünen mit ihrer überlegenen Technik. Oder hatte der Löwe mehr Chancen in der engen Kiste. Er schüttelte wieder den Karton. Es war nichts zu hören. Verdammt war das spannend!

Plötzlich überlief ihn ein kalter Schauer. Der Sommer war auch nicht mehr das, was er mal gewesen war. Der Regen hatte es kühler werden lassen. Er holte seinen Trainingsanzug und zog ihn an. Besser!

Langsam wurde ihm wieder wärmer. Jetzt konnte er auch über ein kaltes Weizen nachdenken, oder besser, eins trinken.

Tag 9, sehr früh
Er wurde vom Telefon geweckt. Wer war denn das nun wieder? Unverschämtheit! Nachdem er den ersten Klingelansturm überstanden hatte, drehte er sich um und wollte weiter schlafen. Er drückte sich das Kissen auf den Kopf, aber es ging wieder los.

Momentan wusste er nicht, wo sein Mobiltelefon war, dann fiel ihm ein, dass er es am Abend im Suff auf die Ladeschale gelegt hatte.

»Hallo!«, murmelte er beleidigt in den Hörer.

»Schatz, hast du mich vergessen? Ich bin am Flughafen!«, hörte er eine Stimme.

»Wer ist da?«, Wolfgang war noch etwas benommen.

»Ich bin`s, Sophia, deine Freundin!«, hörte er. Verdammt, er hatte seine Freundin vergessen. Die kam heute von einem Junggesellinnenabschied aus Malle zurück. Wie konnte das passieren? Das würde sie ihm nie verzeihen. Plötzlich war er hellwach. Flughafen, das war eine dreiviertel Stunde Fahrt! Taxi! Das war die Lösung. Frühstück, was konnte er ihr bieten? Im Kühlschrank waren nur 20 Flaschen Hefeweizen und die Pizza von gestern! Scheiße!

»Entschuldige, ich hab verschlafen! Hab so lange am Buch gearbeitet. Nimm` dir doch ein Taxi! Ich bezahl`s auch! Sorry!«, sagte er mit seiner weichsten Stimme, die er um diese Zeit hinbekam. Dann wartete er auf das Donnerwetter. Aber, wider Erwarten kam keins. Der Hinweis mit dem Buch hatte offenbar gewirkt.

»Ist ok, ich fahr mit Gisi. Ihr Freund hat nicht verschlafen«, eine gewisse Kritik war nun doch herauszuhören.

»Gut, bis dann!«, aufgelegt. Er sah auf die Uhr: 4:00 Uhr. Wo sollte er jetzt Frühstück her bekommen?

Er dachte nach. Beinahe wäre er dabei wieder eingeschlafen.

Ralf!, dachte er dann, dessen Kühlschrank war immer gut gefüllt und der wohnte nur zehn Minuten weg. Sollte er vorher anrufen? Nein, er würde gleich hinfahren und eine Ladung Frühstückszutaten abholen.

Nach einem opulenten Frühstück und zweimaligen Beischlaf mit Sophia lag Wolfgang Nachmittags auf seiner Liege. Das Wetter hatte sich wieder gebessert und Sophia war ins Büro abgedampft.

Von den Außerirdischen hatte er sich wieder verabschiedet, vor allem, da er sie nicht mehr aus der Kiste locken konnte und so für tot hielt.

Konnte man um 16:00 Uhr schon ein Weizen trinken? Er ging in sich und beschloss, dass es einen Versuch wert war.

Als Sophia um 20:00 Uhr nach Hause kam, fand sie Wolfgang schlafend auf der Sonnenliege. Vier leere Weizenflaschen lagen auf den Fliesen der Terrasse.

Sie googelte kurz auf ihrem Smartphone. »12 Grad und leichter Regen! Viel Spaß!«, murmelte sie maliziös. Dann ging sie ins Wohnzimmer und schloss die Balkontür.

Tag 10, sehr früh
Wolfgang wachte auf, weil er fror. Außerdem tropfte ihm Wasser von der Markise ins Gesicht. Verdammt, es regnete

und er lag auf der Liege auf der Terrasse. Wieso hatte Sophia ihn nicht geweckt? Er stand auf. Mist, die Balkontür war zu. Diese elende Bitch! Er lief ums Haus und klingelte. Nichts geschah! Das würde sie büßen.

Sein nächstes Buch würde ein blutrünstiger Horrorkrimi, schwor er sich in diesem Moment. In seiner Kiste rappelte es gewaltig! Blut rann aus einem Löchlein im Boden und verteilte sich unter der Kiste.

Unheimliche Stimmen kamen aus dem Behältnis. Kämpften die Tigerin, der Außerirdische und Freddy Krueger um die Vorherrschaft in der Behausung. Wer war tot, wer lebte noch?

Er wusste es nicht.

Jetzt musste er wohl in der Garage übernachten. Autoschlüssel hatte er auch nicht, also auch keinen bequemen Sitzplatz. Er öffnete das Garagentor. Da hingen alle die schönen Gartengeräte aufgereiht an der Wand. Alle hatten Akkubetrieb. Er schnappte sich die Heckenschere und stürzte schreiend in den Garten. Jetzt konnte er seinen Frust abreagieren. Mit einem Schwung hatte er eine Kerbe in Hecke geschnitten. Die herumfliegenden Äste standen für Sophias Finger. In seinem Wahn holte er als nächstes die Axt und spaltete ein Holzscheit nach dem anderen auf seinem Spaltklotz. Der Holzstapel neben dem Klotz wurde immer kleiner.

Das war der Kopf dieser elenden Bitch. Das der Arm, das das Bein, Blut spritzte und und Körperteile umgaben ihn. Dabei schrie er immer wieder: »Rache, Rache ist Blutwurst!« Dann musste er grell lachen, wegen des passenden Vergleichs. Das Lachen ging in keuchendes Husten über.

Im Nachbarhaus ging das Licht an. Er hörte Sirenen auf sein Haus zukommen.

»Wolfgang, leg die Axt weg! Du verletzt noch jemanden!«, hörte er die Stimme von Sophia.

Ja, er wollte jemanden verletzen! Blut sollte fließen! Genauso wie in seiner Schachtel, wo sich Löwin, Außerirdischer und Krueger bekämpften. Ja, Blut!

»Die Schachtel! Öffnet die Schachtel!«, rief er und sank auf die Knie.

Zwei nette Sanitäter zogen ihn hoch und verpassten ihm eine Spritze und eine Zwangsjacke. Dann legten sie ihn auf eine Liege mit Rollen und schoben sie ihn in einen Krankenwagen.

»Der Karton! Öffnet den Karton!«, murmelte er immer wieder, »Lebt die Löwin? Was ist mit dem Außerirdischen? Und Krueger? Nehmt euch in acht vor Freddy!!!«

Tag 205, vormittags
Heute wurde er entlassen, Sophie würde vorbei kommen und ihn abholen. Er sei wieder stabil, hatte der nette Mann im weißen Kittel gesagt.

Aber was hieß schon stabil? Die Löwin, der Außerirdische und Freddy Krueger hatten sich zwar zurückgezogen und in ihrer Kiste einen Waffenstillstand geschlossen, aber wer wusste, was dort noch alles lauerte und jederzeit den zerbrechlichen Frieden stören konnte.

In der Anstalt hatte er viele Ideen für sein neues Buch gehabt und alles in ein Büchlein geschrieben. Er würde es daheim auswerten und dann sofort damit beginnen es in einen Roman umzusetzen.

»Wie geht es dir?«, lächelnd betrat Sophia das Krankenzimmer. Er saß an seinem Tisch, wie immer in den letzten Tagen, und kritzelte noch letzte Sätze in sein Büchlein.

»Gut! Sehr gut! Ich habe viele Ideen gesammelt!«, sagte Wolfgang.

»Kann man da mal reinschauen?, fragte Sophia.

Es begann in der Kiste wieder zu rappeln. Offenbar war das seinen Gästen nicht recht.

»Nein! Geheim!«, würgte er hervor.

»Gut, dann gehen wir!«, schlug Sophia vor und griff sich seine Tasche, »Deine Papiere habe ich schon!«

Er tappte hinter seiner Freundin her und folgte ihr zum Auto. Schnell waren sie wieder daheim. Morgen würde er beginnen.

Tag 206, ganz früh
Ihn hielt nichts mehr im Bett. Seine Freundin schlief noch und er schlich aus dem Schlafzimmer in sein Arbeitszimmer. Dann holte er sein Büchlein hervor und schlug es auf. Entsetzt starrte er auf die Seiten. Verzweifelt blätterte er sie durch. Da stand nichts, alle Seiten waren leer! Wie konnte das sein? Er setzte sich an seinen Schreibtisch und dachte nach.

Natürlich! Sophie hatte das Büchlein ausgetauscht, gegen ein neues, leeres!

Das hätte er nicht von ihr gedacht! Was bezweckte sie damit? Wollte sie ihn in den Wahnsinn treiben? Er hörte, wie die Löwin an der Innenseite der Schachtel kratzte und gurrende Laute von sich gab. Auch Krueger begann Unverständliches zu murmeln. Nur der Außerirdische verhielt sich noch ruhig.

Jetzt musste er ruhig bleiben, sonst garantierte er für nichts mehr. Er hatte sich schon einmal vorgestellt seine Freundin zu töten. So weit durfte es nicht mehr kommen. Das war er seinem Arzt schuldig. Aber, dass sie so gemein zu ihm war, war auch nicht fair.

Seine wertvollen Notizen, alle weg! Jetzt stimmte der Außerirdische in Kruegers Gemurmel ein. Das war kein gutes Zeichen. Was heckten die drei aus?

»Schatz, du bist aber früh auf!«, hörte er plötzlich Sophies Stimme. Sie stand an der Tür zu seinem Arbeitszimmer.

»Ja, ich konnte nicht mehr warten! Ich lese gerade meine Notizen durch!«, log er.

»Ich mach` Frühstück! Ich ruf dich, wenn ich so weit bin!«, Sophie verschwand.

Wie konnte sie so ruhig sein im Angesicht ihres Verbrechens. Mit so einer Frau konnte er nicht zusammen leben. Er würde sie gleich zur Rede stellen.

»Schatzi, ich muss dich etwas fragen!« Wolfgang schlurfte aus seinem Arbeitszimmer.

Tag 210, abends

Jetzt war sie also weg! Die letzten Tage waren die Hölle gewesen. Er hatte ihr immer wieder vorgeworfen, dass sie seine Aufzeichnungen vernichtet hatte. Sie hatte alles abgestritten. Sie sagte, das Büchlein wäre schon leer gewesen, als sie ihn abgeholt hatte.

»Du bist total verrückt! Gott sei Dank bin ich jetzt hier weg!«, waren ihre letzten Worte gewesen. Dann hatte sie die Haustür zugeschlagen, dass die Wände wackelten.

Er war nicht verrückt, er war genial! Endlich hatte er Ruhe und konnte sei neues Werk beginnen. Eine Idee hatte er auch schon. Es würde ein autobiografisches Werk werden, mit ihm als Helden. Er hatte so viel zu erzählen. Allein jedem seiner drei Begleiter, der Löwin, dem Außerirdischen, Krueger und der Verräterin Sophie würde er jeweils ein Kapitel gönnen. Die würde sich nirgends mehr sehen lassen können, wenn er mit ihnen fertig war.

Er begann in sein Büchlein zu kritzeln.

›Klaus hat Ferien‹

In den Ferien hat man alle Zeit der Welt,

man kann tun, was immer einem einfällt.

Doch vor Brownies sollte man sich hüten,

die sind manchmal schlimmer als Tüten.

Und für seine Helena wird man zum Held.

Juhu, endlich Ferien, dachte der zwölfjährige Klaus, als er die Augen aufschlug. Draußen hörte er den Regen gegen das Fenster prasseln. Na toll! Bis letzte Woche hatte es 30 Grad gehabt. Sie hatten in der Schule geschwitzt und konnten erst nachmittags ins Freibad gehen. Ferienanfang und Scheißwetter, dass passte zusammen wie Arsch auf Eimer!

Im Haus war es total ruhig. Seine Eltern waren bei der Arbeit und seine 17 jährige Schwester Rosalind war sicher schon zu ihrem Ferienjob aufgebrochen. Bereits zum dritten Mal arbeitete sie in dem Hostel ›Living House‹. Sein Verdacht war ja, dass sie das nur wegen der männlichen Gäste machte, mit denen sie nach der Arbeit regelmäßig zum Feiern ging.

Was sollte er mit seinem ersten freien Tag anfangen? Wieder die ganze Zeit vor dem Computer sitzen und dieses Ballerspiel ›VALORANT‹, ein Charakter basierter kompetitiver Shooter, wie es hochtrabend hieß, mit seinen imaginären Kumpels auf der ganzen Welt spielen? Das war langsam ätzend langweilig! Vielleicht sollte er Ronald anrufen. Unter Umständen hatte der eine Idee für etwas Abgefahrenes.

Oder er schrieb Helena eine App! Gleich überlief ihn ein kalter Schauer und sein Morgenständer wurde um einiges größer. Er suchte die Fotos von ihr auf seinem Handy und vergrößerte eins davon. Er hatte sie heimlich im Freibad fotografiert. Mit ihrem schwarzen Bikini und den langen blonden Haaren sah sie toll aus. Er vergrößerte den Oberkörper noch mehr. Man konnte ihre Nippel unter dem nassen Stoff ihres Oberteils erahnen.

Wenn das mal keine Aufforderung für entspannende fünf Minuten war! Kurz darauf machte er sich mit einem Tempo sauber.

Weiterschlafen oder telefonieren? Das war hier die Frage. Helena war erst mal abgehakt, es blieb nur noch Ronald.

Er wählte dessen Nummer.

»Bist du gaga, Klaus! Was weckst du mich mitten in der Nacht?«, hörte er die verschlafenen Stimme seines Freundes.

»Wieder bis in die Puppen gespielt? Du bekommst noch eckige Augen!«, antwortete Klaus, »Komm rüber, Digga!«

»Ok, hast du Frühstück?«, knurrte Ronald.

»Nutella allemal!«, konterte Klaus. Er legte auf und schlenderte in die Küche. Auf dem Tisch stand eine Schale mit Obst. Ne, das war zu gesund. Er öffnete die Tür des Kühlschranks. Blumenkohl, Karotten, Wurst, Käse, Milch, Marmelade, nichts schien ihn direkt an zu springen. Da fielen ihm eine gelbe Tupperdose auf. Darauf klebte ein Post it mit der schwarzen Aufschrift ›Eigentum Rosalind! Finger weg!‹. Das war ja direkt eine Einladung mal nach zu sehen, was da wohl drin war. Er lockerte vorsichtig den Deckel und roch am Inhalt. Brownies! Klasse! Das war doch ein super Frühstück. Er machte die Kaffeemaschine an und verteilte die Kuchenstücke auf einem Teller. Dabei zerbrach ein Stück.

Das störte ja die ganze Symmetrie! Das krümelige Ding

musste weg!, dachte er sich und lächelte. Mit Appetit schob er beide Hälften in den Mund. Mm, das war lecker! Er leckte die Krümel ab und holte hoch zufrieden zwei Kaffeetassen aus dem Schrank.

Dann klingelte es. Klaus lief zu Haustür und ließ den durchnässten Ronald herein.

»Scheiß Wetter!«, war dessen einziger Kommentar.

»Rein mit dir! Es gibt Kaffee und Brownies. Die hat meine Schwester gebacken!« Ronald schält sich aus der Regenjacke und folgte seinem Freund in die Küche. Klaus füllte die beiden Becher mit Kaffee und schob Ronald den Teller mit dem Schokogebäck hin. Der griff hungrig zu, stopfte sich ein Stück in den Mund und spülte es mit einem großen Schluck Kaffee hinunter.

»Was geht jetzt ab, Digga?«, fragte er und wischte sich mit dem Handrücken den Mund ab. Er beantwortete sich die Frage gleich selbst. »Wir könnten in Rosalinds Zimmer gehen und etwas rumspionieren!« Klaus wusste, dass Ronald an Rosalind einen Narren gefressen hatte und ihr zu gerne etwas näher gekommen wäre. Aber die blickte nur verächtlich auf das Jüngelchen herab.

»Die bringt mich um, wenn sie es bemerkt!«, versuchte Klaus das Schlimmste noch zu vermeiden.

»He Digga, wir sind vorsichtig!« Ronald war schon halb aus der Tür. Klaus blieb nichts anderes übrig, als ihm zu folgen. Ronald klopfte artig an Rosalinds Zimmertür, grinste und ging dann hinein. Man sah sofort, dass es ein Mädchenzimmer war. Alles war farbenfroh, rosa Vorhänge an den Fenstern und Pferdewäsche mit Glitzer für das Bettzeug. Alles wirkte ordentlich und aufgeräumt.

Ronald schnupperte und sagte nur: »Voll krass, hier riecht´s ja total nach deiner Schwester! Ich werd wahnsinnig!« Dann begann er die Schubladen zu öffnen und den Inhalt zu inspizieren. Klaus drehte sich weg und sah sich die Fotos an der Wand an. Seltsam, auf den Bildern waren nur ihm unbekannte Männer zusammen mit seiner Schwester.

Inzwischen war Ronald auf die Unterwäschenlade gestoßen und hatte bereits einen roten Spitzentanga in seine Hosentasche gesteckt. Jetzt suchte er den passenden BH.

Plötzlich tat sich etwas draußen auf dem Flur. Er hörte einen lauten Schrei.

»Klaus, hast du meine Brownies gegessen? Ich kill dich!« Rosalind rannte den Gang entlang auf ihr Zimmer zu.

»Schnell, in die Truhe«, flüsterte Klaus energisch zu Ronald und riss den Deckel der Kiste auf. Er wusste, dass darin Kissen und Decken waren. Während Ronald sich in die Truhe quetschte, sah sich Klaus nach einem Versteck für sich um. Da war nur noch der Schrank! Er schob die Tür auf und erwartete eine Menge Klamotten. Statt dessen starrte er in eine dunkle Öffnung. Schnell entschlossen stieg er in den Schrank und das war keine Sekunde zu früh. Die Zimmertür öffnete sich und Rosalind kam herein.

Kaum hatte Klaus die Schiebetür geschlossen, fühlte er sich leicht und schwerelos. Er war in einem hellen Zimmer, das er nicht kannte. Es roch frisch nach Pfefferminztee. Offenbar war es das Zimmer einer Frau, das konnte man sofort sehen. Auf dem Schreibtisch lagen Bücher und Hefte. Eines der Bücher erkannte er sofort. Es war das gute alte Biobuch, aus dem auch er seit einem Jahr lernte. Dann nahm er ein Heft und schlug es auf. Helena Miller stand da. Er war im Zimmer von Helena. Wie konnte das sein?

Sofort sah er sie wieder in ihrem schwarzen Bikini vor sich und er konnte fast ihre steifen Nippel spüren. Gedankenverloren schob er die Bücher und Hefte hin und her. Und da lag es, das ›Tagebuch‹, zumindest stand es so auf dem hellroten Umschlag, der mit Klebeherzchen und Pferdestickern verziert war. Er schlug es auf und las den letzten Eintrag.

›Ach Klaus, warum bist du nicht bei nur? Ich sehne mich nach deinen Berührungen!‹

Wow, gab es das wirklich, dass Helena ihn mochte? Wer hätte das gedacht! Er musste sofort zu ihr und ihr seine Liebe gestehen!

Dann hörte er Schritte auf dem Flur. Diesmal würde er sich nicht verstecken, denn er hatte nichts Falsches gemacht. Das Schicksal hatte ihn hierher geführt. Er würde der Dinge harren, die da kamen. Die Zimmertür öffnete sich und Helena stand vor ihm. Sie trug einen rosa Bademantel und hatte ein blaues Handtuch um ihre Haare geschlungen. Sie starrte ihn an wie eine Erscheinung.

»Was machst du hier?«, stieß sie hervor.

»Helena, ich liebe dich!«, sagte Klaus ohne zu stocken.

»Warum hast du das nicht eher gesagt? Ich habe auch tiefe Gefühle für dich!«, gestand Helena und zog das Handtuch von ihren Haaren. Dann schüttelte sie in Zeitlupe ihre blonden Haare, öffnete gleichzeitig ihren Bademantel und ließ ihn zu Boden gleiten. So stand sie nackt vor Klaus, der plötzlich auch keine Klamotten mehr anhatte.

Sofort lagen sie auf dem Bett von Helena, knutschen wild und erregten sich gegenseitig. Schließlich kamen beide stöhnend zum Höhepunkt.

Abrupt stand Helena auf: »Ich muss jetzt weg! Wir sehen uns morgen wieder hier! Ich freue mich auf dich!«

Sie zog sich an und verließ das Zimmer. Klaus schloss nur kurz die Augen, um sich noch einmal an den schönen Moment zu erinnern.

Dann dachte er an an Ronald. Der war immer noch in der Truhe. Er sprang auf und wollte die Truhe öffnen, aber sie ging nicht auf.

Er schlug auf den Deckel: »Ronald! Ronald, lebst du noch! Melde dich!« Klaus war völlig verzweifelt. Er hörte nichts aus der Kiste, der Deckel klemmte immer noch. Er sah sich um, konnte aber nichts entdecken, womit er die Truhe aufmachten konnte.

Völlig verzweifelt warf er sich über das Möbelstück und begann zu schluchzen: »Ronald, mein Ronald!«

»Nix Ronald, mein Ronald. Rosalind, meine Rosalind! Was machst du in meinem Zimmer und wieso pennst du auf meinem Bett?« Seine Schwester stand vor Klaus und rüttelte an seinen Schultern. Er versuchte seine Nacktheit zu bedecken, musste aber feststellen, dass er vollständig angezogen war.

»Aber Helena...«, murmelte er und sah mit stumpfen Augen Rosalind an.

»Hast du meine Brownies gegessen? Die hat mir ein Gast geschenkt! Und da war was drin!«, Rosalind wirkte nicht sehr erfreut.

»Aber ich..., Helena...!«, Klaus blickte nicht so recht durch.

»Du musst Ronald retten, er ist in der Truhe eingesperrt! Geht es ihm gut?«, stotterte Klaus.

»Welche Truhe, welcher Ronald? Hier ist außer dir niemand. Meine Truhe habe ich schon seit meinem zehnten Lebensjahr nicht mehr!« Rosalind blickte ihn verstört an.

»Jetzt steh auf, verschwinde hier! Lass in Zukunft deine glibbrigen Fingern von meinen Haschbrownies!«, Rosalind zog Klaus hoch und schob ihn zur Zimmertür, »Und halt die Klappe bei unseren Eltern!«

›Der Große Hudoni‹

Es war einmal Hudoni, der Magier,

der wollte sich beweisen jetzt und hier.

In einer Kiste tauchte er ab,

sie wurde zu seinem Grab.

Die Kommissare suchen den Mörder jetzt am Pier.

Alois Merkhammer, genannt ›Der Große Hudoni‹, war wieder mal unter viel Tratra, in seinem schwarzen Kaftan, in eine Kiste eingesperrt worden. Seine Fans nannten ihn auch Schwarzenegger der Magier, wegen seiner durchtrainierten Figur.

Seine Assistentin Alma, wie immer im hautengen Vollbody, der in allen Farben des Universums schillerte, hatte ihn gut sichtbar vor dem Publikum auf das Spektakel vorbereitet. Sie hatte mit ihrer blonden Mähne unter den männlichen Fans fast mehr Anhänger als der Zauberer selbst.

An der Zwangsjacke des Magiers waren die Ärmel mit Lederbändern verschnürt worden, darüber waren Eisenketten gelegt und mit zehn Vorhängeschlössern gesichert worden. Der Deckel der massiven Holzkiste war mit zwei großen, eingebauten Schlössern versperrt worden und außerdem hatte Alma ihn mit drei Spanngurten zusätzlich vor dem Öffnen geschützt.

Doch das war alles nur Show. In 60 Sekunden würde ›Der große Hudoni‹ sich aus dieser Misere befreien und damit einen neuen Rekord aufstellen. Die zugehörigen Tricks kannten nur wenige Eingeweihte.

Die zugebundenen Ärmel der Zwangsjacke konnte er von innen mit zwei eingenähten Schnüren von einander trennen. Die Ketten waren so befestigt, dass sie, ohne die zehn Vorhängeschlösser aufzusperren, abfielen. Auch die beiden Schlösser im Kistendeckel waren von innen einfach zu entriegeln. Das Lösen der Spanngurte war etwas kniffliger. Eine Latte an der Vorderseite der Kiste konnte nach nach innen geklappt werden und man kam so an deren Verschlüsse und konnte sie öffnen.

Doch ›Der Große Hudoni‹ hatte gerade ernsthafte Probleme. Er wurde die Zwangsjacke nicht los! Er zerrte aus Leibeskräften an den beiden Schnüren. Doch nichts geschah und das Wasser drang unerbittlich in sein Gefängnis ein.

Der Entfesselungstrick fand nämlich unter Wasser statt. Mit einem Kran hatte man die Kiste im Nürnberger Hafen ins Becken gelassen. 300 Zuschauer standen am Beckenrand und warteten gespannt darauf, dass er wieder entfesselt auftauchen würde.

Momentan sah es so aus, als ob ihm das diesmal nicht aus eigener Kraft gelingen würde. Im Prinzip war das bis auf den Gesichtsverlust, nicht lebensbedrohlich. Er konnte die Luft drei Minuten anhalten. Wenn er nach 60 Sekunden nicht an der Wasseroberfläche auftauchte, würde die Kiste von seinen Helfern einfach wieder hochgezogen werden.

Einzige Voraussetzung war, dass der Elektrokran, an dem er hing, funktionierte.

Alma, die Assistentin des ›Der Große Hudoni‹, schaute nervös auf ihre Stoppuhr. 50 Sekunden waren schon vorbei. In dieser Zeit hatte er es bisher fast immer geschafft sich zu befreien. Zehn Sekunden würde sie ihm noch geben.

»50 Sekunden!«, sagte sie in Mikrofon und die Menge raunte. ›Der Große Hudoni‹ machte es diesmal wirklich spannend.

60, 61, 62, 63, 64, 65 Sekunden, Alma gab Jochen Berndhold, dem Kranführer, ein Zeichen. Er sollte die Kiste hochziehen. Berndhold zerrte am Hebel und drückte an den Funktionsknöpfen herum. Nichts tat sich! Er begann in seinem blauen Overall zu schwitzen und seine paar letzten Haare klebten an seinem runden Kopf.

»Verdammt, kein Strom! So ein Scheiß! Wahrscheinlich Sicherung draußen!«, rief er Alma zu und sprang aus dem Führerhaus. Er spurtete zu einer der Hallen im Hintergrund und prallte gegen die Stahltür, die zum Raum mit dem Sicherungskasten führte. Sie war verschlossen. Ratlos kratzte er sich an seinem Kopf.

Dann hatte er die Eingebung! Er musste zum Hintereingang laufen. Berndhold verschwand um die Ecke des Gebäudes. Die Sekunden verstrichen. Das Publikum wurde langsam unruhig. Man hörte vereinzelt Rufe. Die Reporter hoben ihre Kameras und rückten näher an den Kran heran.

»Was ist da los? Holt ihn doch raus!«, rief Petrov Horinger von den Nürnberger Nachrichten, der schon mehrfach bei so einem Event dabei war.

Verzweifelt sah Alma auf ihr Stoppuhr. 99, 100, 101, das würde verdammt knapp werden!

»Wir tun unser bestes! Aber der Strom ist weg!«, rief Alma.

Jetzt kam der Kranführer keuchend und mit rotem Kopf hinter dem Gebäude hervor. Er hob die Hand mit Daumen oben und spurtete zu seinem Arbeitsgerät. Alma war erleichtert und die Menge stöhnte auf. Berndhold stieg in seine Kabine, bewegte einen Hebel und sofort fuhr das Hebeseil langsam nach oben.

Alma sah wieder auf ihre Uhr. 181,182,183, die Zeit schmolz dahin.

Schließlich erschien die Kiste an der Wasseroberfläche. An den Seiten lief Wasser heraus. Das Publikum raunte. Alle hielten ihre Handys hoch, um nichts zu verpassen. Der Kranführer drehte sein Gerät und setzte die Holzkiste vorsichtig auf den Betonboden des Piers.

Alma rannte hinüber und legte das Ohr auf die durchnässten Planken. Nur das Gluckern des Wassers war zu hören, das aus den Ritzen der Kiste floss.

»Alois, Alois, lebst du?«, rief sie panisch. Gleichzeitig begann sie mit zitternden Fingern die Spanngurte zu lösen. Sie zog den Schlüssel für den Deckel aus ihrer Tasche und entriegelte die Schlösser. Mit kalkweißem Gesicht öffnete sie ihn. Inzwischen war sie von den Zuschauern umringt, die alle gespannt waren, was sich ihnen für ein Anblick bieten würde.

Als Alma den Deckel öffnete, saß ›Der Große Hudoni‹ noch immer in Ketten und in der Zwangsjacke, in seinem Gefängnis. Er hatte die Augen geschlossen.

»Helft mir ihn rauszuholen! Ist ein Arzt hier?«, brüllte Alma. Sofort zogen starke Arme den leichenblassen Hudoni heraus und legten ihn auf den Boden. Inzwischen hatte sich auch ein Mediziner eingefunden, der sofort die Zwangsjacke öffnete und mit der Wiederbelebung begann.

Nach einiger Zeit stand er auf und schüttelte den Kopf: »Da ist nichts mehr zu machen! Er ist tot!«

Alma bekam einen Weinkrampf und warf sich schluchzend über ihren Chef.

Jochen Berndhold zog sie weg, legte seinen Arm um sie und führte sie zu einem Stuhl vor dem Wohnmobil des ›Der Große Hudoni«.

Inzwischen war die Polizei eingetroffen, die offenbar einer der Zuschauer alarmiert hatte, und begann den Unglücksort abzusperren.

Die Polizisten sahen sich die Lage an.

Einer der Beamten sagte: »Ob das ein Unfall war? Das scheint mir doch etwas seltsam! Wir sollten die SOKO Gewaltverbrechen vorsichtshalber verständigen!« Er zog sein Handy und telefonierte.

Als die Polizisten daraufhin anfingen Zuschauer zu befragen, löste sich die Menschenmenge schnell auf. Nur die Journalisten, die wegen des Rekordversuches gekommen waren, machten Fotos und versuchten Alma, dem Arzt, dem Kranführer und weiteren Anwesende Informationen zu entlocken.

Kurz darauf tauchten Hauptkommissar Norbert Gottmann und Hauptkommissarin Yara Izny von der SOKO Gewaltverbrechen Nürnberg auf. Sie hatten den Pathologen Dr. Stefan Brandmeister im Schlepptau, der sich gleich um die Leiche kümmerte. Die Spurensicherung arbeitete auch schon im Hintergrund.

»Wer hat hier die Verantwortung!« Die durchdringende Stimme von Gottmann ließ alle zusammenzucken.

»Das bin wohl ich!« Alma meldete sich. Gottmann musterte die schlanke Frau in ihrem türkisfarbenen Glitzeranzug skeptisch von oben bis unten.

»Und Sie heißen?«, fragte er.

»Alma, beziehungsweise Charlotte Flamboise«, antwortete Alma.

»Und ihre Funktion ist...?«, wollte Gottmann dann wissen.

»Ich bin die Assistentin vom ›Der Großen Hudoni‹«, stellte Alma fest und schluchzte auf. Jochen Berndhold strich ihr beruhigend über den Arm.

»Sind Sie auch für die Ausrüstung des Magiers zuständig?«, wollte Gottmann wissen.

»Ja!«, Alma nickte.

»Wissen Sie schon, warum der Hudoni sich nicht befreien konnte? Das sind doch alles normalerweise sichere Tricks, oder?«, stellte Yara Izny fest.

»Bis jetzt ist noch nie etwas passiert!« verteidigte sich Alma.

»Stefan, wie weit bist du? Können wir an die Leiche?«, fragte Izny den Pathologen.

»Ich bin mir sicher, dass er ertrunken ist und der Todeszeitpunk ist ja wohl klar. Ihr könnt jetzt an den Leichnam!«, antwortete der.

»So Frau Flamhose«, Gottmann war für sein schlechtes Namensgedächtnis bekannt, »Der Tote ist ja nicht mal aus seiner Zwangsjacke gekommen. Also hat der Trick gleich von Anfang an nicht funktioniert!«

»Flamboise bitte! Er hat an der Innenseite der Ärmel zwei Schnüre, mir denen er die Zwangsjacke öffnen kann«, antwortete die Frau kläglich.

»Dann zeigen sie mir die Schnüre!«, forderte Gottmann.

Alma beugte sich über Hudoni. Sie zog an der Jacke und mit Hilfe von Yara konnte sie sie Hudoni ausziehen. Dann krempelte sie die Ärmel um.

Man sah jeweils eine Schnur an deren Ende. Alma zog daran.

»Die bewegen sich nicht! Da ist irgendetwas falsch!«, sagte

sie dann und sah Gottmann fragend an.

»Wie kam das sein?«, fragte Gottmann direkt.

Alma begann wieder zu schluchzen. Jochen Berndhold reichte ihr ein Taschentuch und warf dem Kommissar einen bösen Blick zu.

Gottmann wirkte nachdenklich, »Wo können Sie in Ruhe warten, Frau Flamhose?«

»Flamboise! Im Wohnmobil von Hudoni. Das steht gleich dort drüben«, flüsterte Alma.

»Yara übernimmst du Frau Flamboise. Und schau dich gleich in dem Wohnmobil etwas um!«, legte Gottmann fest, »Und jetzt zum Kranführer!«

»Das bin ich«, meldete sich Jochen Berndhold, ein leicht untersetzter Mann mit blonden Haaren.

»Gehen wir mal rüber zu Ihrem Arbeitsgerät!« Alle gingen zum Kran.

»Herr Berndhold, warum haben Sie Hudoni nicht eher aus dem Wasser geholt?«, fing Gottmann an.

»Wollte ich ja. Aber der Strom war weg. Ich vermutete, dass die Sicherung rausgeflogen war. Deswegen bin ich zur Halle dort drüben gelaufen, da ist nämlich der Sicherungskasten. Aber die Stahltür war abgeschlossen. Ich musste erst zum Hintereingang. Der war Gott sei Dank offen, Sicherung rein, zurück zum Kran und dann habe ich die Kiste hochgezogen. Aber es war schon zu spät. Leider!«, schilderte der Kranführer den Ablauf ausführlich.

»Darf ich mich mal in den Kran setzen?«, fragte Gottmann.

»Aber natürlich, steigen Sie ein!«, Berndhold hielt die Tür auf.

Gottmann machte es sich auf dem gepolsterten Sitz gemütlich und studierte das Armaturenbrett: »Müssen solche Riesendinger nicht einen Notausschalter haben?«, fragte er dann plötzlich.

»Ja schon, der ist links neben dem Fahrersitz«, gab Berndhold bereitwillig Auskunft.

»Und wie schalte ich das Ding jetzt ein?«, wollte Gottmann wissen.

»Drücken sie einfach den EIN Knopf!«, schlug Berndhold vor. Das machte Gottmann, um anschließend sofort den NOT AUS zu betätigen. Alle Lichter im Armaturenbrett erloschen.

»Interessant!«, sagte er kryptisch, »Warten Sie bitte hier, ich stelle Polizisten ab, die auf Sie aufpassen.« Der Kranführer schaute verunsichert.

Gottmann winkte zwei Streifenpolizisten zu sich, dann zückte er sein Telefon. Er telefonierte kurz, nickte mehrfach. Ein Lächeln spielte um seinen Mund, als er auflegte. Dann ging er zum Wohnmobil hinüber. Er öffnete die Tür und winkte Yara und Alma heraus.

»Frau Flamboise!«, man sah wie er sich konzentrierte, um den richtigen Namen zu finden, »Wir haben ihren Freund überführt und er hat bereits alles gestanden. Sehen Sie, die Polizei hat ihn schon festgenommen.«

Der Blick von Alma folgte dem Finger Gottmanns, der zu Berndhold mit den beiden Polizisten neben ihm wies.

»Aber ich verstehe nicht« begann Alma.

Gottmann fiel ihr ins Wort: »Er hat sich nicht besonders geschickt angestellt. Indem er den Not Aus Schalter drückte, hat er einen Stromausfall vorgetäuscht. Ich habe mich gerade beim Kranhersteller erkundigt, wenn dieser Schalter gedrückt wird, geht normalerweise ein Blinklicht und eine

Sirenen an. Berndhold hat den Kran so manipuliert, dass das nicht geschah. Damit konnte er das Herausziehen der Kiste so lange verzögern, bis Hudoni sicher tot war. Um das Bild abzurunden, brauchen wir jetzt nur noch ihr Geständnis, warum er das gemacht hat und was ihr Anteil an dem ganzen Versteckspiel war.«

Alma und auch Yara sahen Gottmann sprachlos an.

»Chapeau, Chef, das ging aber schnell!«, sagte Yara bewundernd.

Alma presste die Lippen aufeinander und schwieg.

»Ihr Schweigen wird Ihnen nichts nützen! Unsere KTU kann sicher beweisen, dass die Schnüre manipuliert waren und DNA finden wir sicher auch von Ihnen!«, mischte sich Yara ein.

Alma gab sich einen Ruck.

»Also gut, hat ja keinen Sinn mehr! Hudoni wollte mich entlassen und dafür sorgen, dass ich in der ganzen Magier Community keinen Job mehr bekomme, nur weil ich ein bißchen Geld veruntreut habe«, begann Alma.

»Summe?«, fragte Gottmann kurz.

»100.000 Euro!« Alma sah zu Boden, »Jochen kenne ich, weil wir ein paar Jahre zusammen im Gymnasium waren. Er hat schon immer für mich geschwärmt. Es war easy ihn zu überreden, mit mir gemeinsame Sache zu machen.«

»Und Sie haben die Bänder irgendwie befestigt?«, fragte Yara.

»Ja, das war ich! Hudoni war ein Schwein! Er hat mich immer angemacht und betatscht! Und wie gesagt, er wollte mich anzeigen! Ich hätte vor dem Nichts gestanden!«, machte Alma einen schwachen Versuch sich zu entlasten.

»Das erzählen Sie mal dem Richter. Bei Mord ist der eher humorlos«, sagte Gottmann. »Abführen, die zwei! Und wir gehen jetzt ins ›Bratwurstglöckla‹ und ich gönne mir Sechs auf Kraut! Erfolge muss man feiern, wie sie fallen!«, sagte er zu Yara.

›Die Schüttlerin‹

Es war eine Frau in der Eifel,

der war fern jeder Selbstzweifel.

Was in einem Paket war,

erkannte sie durch Schütteln zwar,

und fuhr trotzdem auch schüttelnd zum Deifel.

Sie hatte es schon immer gekonnt. Bereits im zarten Alter von fünf Jahren war sie an Weihnachten unter dem Baum gesessen, hatte sich ein Paket nach dem anderen geschnappt, es kurz geschüttelt und schon wusste sie war drin war.

»Ist unsere Katharina nicht süß? Kann kaum reden und weiß doch, was in jedem Paket drin ist!«, schwärmte Oma Erna von ihr.

Manchmal wusste sie selbst nicht, woher sie die Worte für den Inhalt kannte. Mit acht Jahren fiel sie dann unangenehm beim Geburtstag einer Freundin ihrer Mutter auf. Die wollte mit ihrer Tochter angeben und sie musste natürlich die Schüttelnummer vorführen.

»Das ist ein Nachthemd!«, löste sie ihre erste Aufgabe ohne Probleme, alle applaudierten begeistert. Dann drückte ihre Mutter ihr ein rotes Päckchen in die Hand.

»Nein, nicht das!«, versuchte Berta, eine weitere Freundin, das Schlimmste noch zu verhindern, aber Katharina schüttelte tapfer und überlegte kurz.

»Ein Vibrator!«, verkündete sie mit Stolz. Berta lief rot an und versank beinahe im Boden. Katharina wusste zwar nicht, was ein Vibrator war, aber offensichtlich musste man sich für das Geschenk schämen, kombinierte sie. Komischerweise nahm sie von da an ihre Mutter nicht mehr auf die Geburtstage ihrer Freundinnen mit. Das war extrem schade, da es immer leckeren Kuchen gegeben hatte und sie sogar mal an einem Glas Sekt genippt hatte, als niemand hinsah.

Die nächste Station von Katharina Morgenstern auf dem Weg zur Erfolgsschüttlerin war eine Schulaufführung. Schon damals konnte ihr niemand widerstehen. Die kleine Hübsche mit den blonden Locken und dem rundlichen Kindergesicht war wie gemacht für einen Kinderstar. Es gab damals bei der 100 Jahr Gründungsfeier des ›Ostendorfer Gymnasiums‹ eine Show im Stil von ›Wetten Dass‹, wo Schülerinnen ihre außergewöhnlichen Begabungen vorführten. Natürlich durfte da die Oberschüttlerin nicht fehlen. Sie trat mit Charlotte Blumfeld, ihrer besten Freundin, einer unauffälligen Brünetten, zusammen auf.

Charlotte hatte vom Publikum persönliche Dinge eingesammelt und in zehn identische Schachteln verpackt. Eigentlich hätte Katharina nur den Inhalt von fünf Schachteln identifizieren sollen, aber sie konnte sich nicht bremsen und erriet den Inhalt aller Pakete, die ihr von Charlotte gereicht wurden. Natürlich wurde sie mit dieser Vorstellung Wettkönigin und erhielt als Preis eine ein Kilogramm HARIBO Color-Rado Dose. Da sie das klebrige Zeug nicht mochte, spendete sie das Süßzeug der gesamten Klasse, was ihr zusätzlich Pluspunkte einbrachte.

Katharina hatte damals Blut geleckt. Man konnte mit ihrer Begabung also sogar etwas verdienen. So begann sie durch verschiedene Fernsehshows zu tingeln, immer mit Charlotte im Schlepptau, und erreichte so einen gewissen Grad von Bekanntheit.

Ein Studium war ab diesem Zeitpunkt kein Thema mehr für sie. Sie war jung, angesagt und in den sozialen Medien stieg sie zum Star auf. Zusätzlich hatte sie sich zu einer wahren Schönheit entwickelt. Sie hatte ihren Typ geändert, das blondes Haar rot gefärbt und ganz kurz geschnitten, bis auf den kleinen Zopf, der ihr ins Gesicht hing. Sie war inzwischen fast ein Meter achtzig groß und schlank und hatte sich von ihren ersten Gagen eine Brustvergrößerung gegönnt.

Charlotte, immer noch die graue Maus, stieg zu ihrer Managerin auf und koordinierte Auftritte, Medien und teilweise auch Charlottes privates Umfeld. Auf deren Drängen hin entstand Katharinas eigene Schüttelshow.

Zuerst war es eine Sendung im Privatfernsehen. Sie trat gegen chancenlose Schüttelamateure an, die sie manchmal zum Spaß gewinnen ließ. Bald füllte die Show Hallen, wie die Norishalle in Nürnberg oder die Krugahalle in Essen. Katharina verdiente richtig Geld und konnte sich einen luxuriösen Lebensstil leisten.

Charlotte hatte bald fünf Mitarbeiter, da die Arbeit immer mehr wurde. Doch das große Geld blieb ihr versagt. Ihr Lebensstil war nicht mit dem von Katharina zu vergleichen.

Doch etwas hatte sie Katharina voraus. Sie hatte einen Freund gefunden, der sie abgöttisch liebte. Tomaso Alcantera war Italiener und hatte das eigene Eiscafé ›Capri‹ in Wuppertal.

Charlotte wusste nicht, dass sie Katharina deswegen beneidete. Ihr liefen nur Typen hinterher, die sich in ihrem Glanz sonnen wollten. Langsam dämmerte ihr, dass sie zu keiner wirklichen Beziehung fähig war. Aber sie brauchte Charlotte und so unterdrückte sie den Neid, der sich immer mehr in ihr Herz fraß.

So zog das ungleiche Frauenpaar durch Deutschland, Österreich und die Schweiz und erstaunte das Publikum mit den Schüttelkünsten von Katharina.

Eines Abends, als Katharina nach der Vorstellung wieder allein in ihrem Zimmer saß und überlegte, ob sie sich zwei Lines Kokain oder eine Flasche Wein reinziehen sollte, kam sie auf eine Idee. Nach einer halben Flasche Wein fand sie die Idee ganz gut, nach dem Rest der Flasche war sie vollkommen überzeugt von der Genialität ihres Planes.

Sie würde Tomaso verführen, ihr gefügig machen und dann an sie binden. Sollte Charlotte doch schauen, wo sie blieb. Mir diesem tollen Plan im Kopf und einem Lächeln im Gesicht übernahm der Alkohol die Übermacht und sie schlief ein.

Zwei Wochen später, die Tournee war vorbei und sie waren wieder in ihre Heimatstadt Wuppertal zurückgekehrt. Charlotte war sofort zu ihrem Schatz Tomaso gefahren. Katharina wälzte sich inzwischen schlaflos im Bett und schmiedete teuflische Pläne.

Sie war Tomaso nur zweimal begegnet. Einmal vor einem ihrer Auftritte. Da war sie extrem aufgestylt gewesen und einmal nachts, als er die leicht angetrunkene Charlotte in einer Kneipe abholte. Sie wusste, dass Tomaso auf schwarzhaarige, wenig aufgetakelte Frauen stand. Deshalb hatte sie sich eine schwarze Perücke und sportlich, legere Klamotten gekauft.

Als sie die neue Katharina zuhause im Spiegel ansah, musste sie zugeben, dass sie einen gewissen Reiz ausstrahlte. Das Unternehmen ›Tomaso‹ konnte beginnen.

Sie hatte noch einen weiteren riesigen Vorteil. Aus den Schilderungen von Charlotte kannte sie alle Macken, Vorlieben und NOGOs ihres zukünftigen Liebhabers. Was wollte sie mehr?

Am nächsten Nachmittag stattete Katharina dem Eiscafé ›Capri‹ einen Besuch ab. Tatsächlich stand Tomaso an der Eistheke.

Katharina stellte sich vor die zirka 15 Eisbottiche und musterte ratlos die Schildchen mit den Eissorten.

»Hallo, haben sie heute gar kein ›Chewing Gum‹ Eis?« , fragte sie scheinheilig. Sie wusste, dass es Tomaso nur ganz selten herstellte und dass es sein Lieblingseis war.

»Nein, heute nicht. Erst wieder Mittwoch. Ist übrigens mein Lieblingseis!« Tomaso war auf den Trick hereingefallen. Sie lenkte das Gespräch auf die italienische Fußballliga Serie A und schwupps saß sie mit Tomaso an einem der kleinen, runden Tischchen vor dem Lokal und trank einen Cappuccino mit ihm.

Wie zufällig berührte sie ihn beim Abschied am Arm und stellte so das erste Mal Körperkontakt her.

Am nächsten Tag kam sie wieder. Sie wiederholten das Ritual mit dem Cappuccino ohne den Umweg mit dem ›Chewing Gum‹ Eis. Zum Abschied gab es zwei Wangenküsschen und eine Einladung zum Türken.

Geschickt entwand sie sich dem Kussversuch von Tomaso nach dem Essen am Abend und heizte so die Stimmung weiter an.

Nach drei Wochen war es dann so weit. Sie landeten im Bett und da war Katharina gut, sehr gut sogar. Man könnte auch sagen mit allen Wassern gewaschen. Langer Rede, kurzer Sinn, sie hatte ihn in der Hand und er fraß ihr aus der selbigen.

Jetzt war die Zeit der Demaskierung gekommen. Eines Abends war sie rothaarig und trug, wenn auch dezent, make up. Aber Tomaso schien das gar nicht zu registrieren, er brauchte nur seine tägliche Dosis Katharina Sex.

Dann kam die Phase drei ihres Planes. Sie schickte Charlotte anonym perfekt ausgeleuchtete Bilder zu: Tomaso und Katharina im Bett, beim Picknick im Park, im Swimmingpool Pool von Katharina, schmusend beim Eisessen im ›Capri‹.

Charlotte machte Katharina eine riesige Szene, warf Tomaso aus ihrer Wohnung und sann auf Rache, schrecklicher Rache.

Außerdem kündigte sie, was Charlotte aber nicht sehr störte. Hatte Tomaso doch längst ihre Aufgaben übernommen und die Eisdiele verpachtet.

Nach einem halben Jahr war Gras über alles gewachsen. Katharina und Tomaso lebten ihr glückliches Leben in der opulenten Villa von Katharina.

Charlotte hatte sich mit Ayo Afolabi angefreundet, den sie bei ihrem ehrenamtlichen Job bei der Flüchtlingshilfe kennengelernt hatte. Er kam aus dem Niger und hatte dort offiziell als Gärtner gearbeitet. Aber er hatte Charlotte verraten, dass er bei der Rebellenarmee war und dort Bomben für Anschläge auf die Staatsmacht gebaut hatte. Diese Info kam ihr wie gerufen.

Einer Tages fragte sie ihn, ob er auch für sie eine Bombe bauen könnte. Man sollte sie aus der Ferne scharf machen können, dann sollte sie durch Schütteln bereit zur Zündung sein, stark genug, um zwei Menschen zu töten und sie sollte erst zwei Sekunden nach der Zündung explodieren.

Ayo grinste nur und sagte: »Nix Problem!«

Der letzte Akt in diesem Drama war der einfachste. Am 23.8. hatte Katharina Geburtstag. Charlotte wusste, das Katharina immer beim Frühstück ihre Geschenke öffnete und

Tomaso würde sicher auch dabei sein.

Also schickte sie das Bombenpäckchen hübsch verpackt an Katharina mit einer Karte, in der stand, dass sie ihr verzeihen würde, dass alles wieder gut sei und sie ihr nur das Beste zum Geburtstag wünschen würde.

Morgens am 23. lauerte sie mit Ayo hinter den Büschen in Katharinas Garten. Von hier konnte man direkt ins Esszimmer sehen. In einer Hand hielt Charlotte ein Handy, mit der Nummer des Aktivierungshandys der Bombe im Display. Sie musste nur die grüne Wahltaste drücken und schon konnte es los gehen.

Nach einer halben Stunde kam Katharina in einem geblümten Seidenanzug ins Esszimmer. Tomaso saß bereits am gedeckten Tisch. Ein Berg bunt verpackter Geschenke lag neben Katharinas Gedeck. Charlotte drückte die Wähltaste und machte damit die Bombe scharf.

Aber Katharina begann nicht wie üblich sofort alle Geschenke zu öffnen. Sie reichte Tomaso etwas, der sah es an und umarmte dann seine Geliebte euphorisch. Charlotte schnappte sich das Fernglas von Ayo und sah hindurch. Das war ein Schwangerschaftstest! Katharina war schwanger.

Sofort sprang Charlotte auf und wollte Katharina vor der Bombe warnen. Sie sah nur noch, dass Katharina ihr Päckchen hochhob.

»Nicht schütteln!«, rief sie verzweifelt. Tomaso und Katharina waren ihr eigentlich egal, aber das Kind. Katharina drehte den Kopf in ihre Richtung, blickte fragend und schüttelte dabei ihr Paket.

Man sah, dass sie das Wort ›Bombe‹ formulierte und entsetzt auf das Päckchen blickte. Dann gab es eine riesige Explosion.

›Das Zauberkästchen‹

Ein Kästchen dringt in deine Sphäre,

als wenn es gar nichts Schlimmes wäre.

Doch es zu öffnen, hüte dich davor,

einer schaut am Ende immer ins Rohr,

und auch dein Glück läuft dann ins Leere!

Am 14.5. um 9:30 Uhr klingelte der nette, rothaarige Postbote bei Sophie Bartholomäus und hatte ein Päckchen in
der Hand. Bei dieser Kundin hatte er es erstaunlicherweise
nie eilig, sondern flirtete immer mit der 25jährigen schlan-
ken Blondine.

»Ein Päckchen für meine schönste Postkundin!«, sagte er
mit seiner tiefen Stimme. Sie strahlte ihn wie immer freund-
lich an.

»Das sagen Sie nur so, mein charmantester Postbote!«, war
ihre Standardantwort.

Er verabschiedete sich mit einer kleinen Verbeugung.

Sophia schloss nach diesem verbalen Geplänkel gut gelaunt
die Tür.

Nanu, sie hatte doch keinen Geburtstag und auch nichts be-
stellt! Wer schickte ihr denn dann ein Paket? Sie suchte einen Absender, aber vergeblich!

Immer noch erstaunt legte sie das Päckchen auf den Kü-
chentisch und begann das blass rote Packpapier zu entfer-
nen. Ein kleines Holzkästchen kam zum Vorschein. Es war
etwa zehn Zentimeter breit, fünfzehn Zentimeter lang und
fünf Zentimeter hoch. Soweit sie das beurteilen konnte, war

es aus Mahagoni. Ansonsten war es eher puristisch gefertigt. Keine Einlegearbeiten, keine Borten, Bordüren oder ähnlicher Krimskrams. Darauf lag ein brauner Umschlag. Sie legte ihn erst mal bei Seite.

Dann beugte sie sich hinunter, um die Gravur im Deckel lesen zu können.

›Nicht öffnen, lesen Sie zuerst beiliegenden Brief! Bisher ∞ mal geöffnet.‹

Wenn man das Kästchen berührte, erschien anstatt ›∞‹ eine Zahl. Momentan war es die Null.

Anscheinend hatte noch niemand gewagt das Kästchen auf zu machen. Sophia stand ratlos in der Küche. Sie machte sich einen Kaffee. Während sie an der Tasse nippte, starrte sie das Ding an. Was würde passieren, wenn sie es öffnete? Vielleicht stand im Brief mehr dazu. Sie machte den nicht verklebten Umschlag auf und las den Text auf dem vergilbten Papier:

›*Bitte beachten Sie folgende Regeln:*

- Wenn Sie das Kästchen öffnen, geschieht dem Absender etwas Schreckliches, aber Ihnen etwas Schönes.

- Wenn Sie das Kästchen nicht nach zwei Tagen weitergeschickt haben, geschieht Ihnen etwas Schreckliches.

- Schreiben Sie auf jeden Fall Ihren Namen in die Absenderliste auf der Rückseite dieses Briefes, sonst geschieht Ihnen etwas Schreckliches.

Der Geist des Kästchens!‹

Sophie erschrak und ließ das Blatt sinken. Aber, der nette Postbote würde ihr doch nichts Gefährliches bringen. Sinnend nahm sie den letzten Schluck Kaffee.

»Wer bist du, Geist des Kästchens?«, sagte sie laut vor sich hin. Sie sah auf das Mahagoniholz und streichelte die glatte Oberfläche. Das fühlte sich gut an. Auch fand sie es lustig, immer wieder die Null aufleuchten zu lassen. Wie das wohl funktionierte? Wäre geil, das rauszukriegen. In Gedanken klappte sie den Deckel schon mal auf.

In ihrem Kopf rotierte es.

Welcher Idiot hatte ihr dieses Teufelsding überhaupt zugesendet? Wem würde sie so schrecklich schaden, wenn sie das Ding aufmachen würde? Offenbar hielt der sie für so vertrauenswürdig, dass er sicher war, dass sie das Kästchen nicht öffnen würde. War es ihre Freundin Elisabeth oder ihr Ex Helmut? Nein, der sicher nicht! Der war zu einfältig dazu. Aber jetzt hielt sie es nicht mehr aus!

Sie drehte den Brief um und sah in der Liste nach.

Kali Berndram entzifferte sie mühsam die krakeliger Handschrift. Sie kannte keinen Kali und erst recht keinen Berndram! Warum schickte irgendwer ihr dieses Teufelskistchen? Aber wenn sie den Absender nicht kannte, konnte sie es auch öffnen. Zur Hölle mit Kali, Hauptsache, ihr würde etwas Schönes passieren.

Sie zermarterte sich den Kopf, ob sie nicht doch einen Kali kannte, kam aber zu keinem Ergebnis und beschloss erst mal darüber schlafen. Die folgende Nacht war die Hölle. Immer wieder wachte sie auf, weil sie geträumt hatte, dass sie in einer Burg nach Kali suchte. Sie lief durch dunkle Räume, lange Flure entlang und rief immer wieder: »Kali, wo bist du?«. Doch niemand meldete sich oder erschien. Dann dämmerte sie wieder weg und wieder quälte sie der gleiche Albtraum.

Um 3:15 Uhr hatte sie genug. Sie tappte in die Küche, setzte sich vor das Kästchen und starrte es an. Warum eine Burg?

Warum irrte sie durch dunkle Räume und lief lange Flure entlang. Das musste doch etwas bedeuten! Offenbar wusste ihr Unterbewusstsein mehr, als ihr Bewusstsein. Sie las nochmals den Namen auf der Rückseite des Briefs.

He, und dann erkannte sie es, das Gekrakel hieß Pauli Bearand! Das war ihr ehemaliger, verhasster Arbeitskollege aus dem Büro. Pauli hatte sie auf dem Kieker gehabt. Ständig zog er sie auf und machte Witze über ihre Frisur, ihre Klamotten, ihre Schuhe. Dieser Arsch hatte sie bei allen zum Gespött gemacht. Ausgerechnet der schickte ihr dieses Unheilskästchen. Das verstand sie nicht. War ihm nicht klar, dass sie es aufmachen und sich dadurch für alles rächen würde, was er ihr angetan hatte. Sophia begann an ihrem Daumennagel zu kauen, was sie schon seit langem nicht mehr gemacht hatte.

Oder war das, wie bei Serienbriefen, gar kein Serienkästchen und nur gezielt an sie geschickt, um festzustellen, wie sie reagieren würde? Wer steckte wirklich dahinter? War das versteckte Kamera? Wenn es ein Bluff war, konnte sie es nur herausfinden, indem sie das Kästchen öffnete. Passierte ihr dann etwas Gutes, war alles wahr, was in dem Brief stand. Passierte nichts, war alles nur Verarsche und sie würde das Kästchen in die Mülltonne wandern lassen!

Aber was würde mit Pauli geschehen? Wenn alles stimmte, würde ihm etwas Schreckliches passieren. War es das wert? Das bisschen Rache, für Dinge, die so lange zurück lagen und schon fast vergessen waren.

Pauli hatte bereits vor fünf Jahren gekündigt und war nach Hamburg gewechselt, weil er da jemanden kennen gelernt hatte. Sie hatte von ihm nie mehr etwas gehört.

Was konnte das Schöne sein, das ihr widerfahren würde? Würde sie endlich jemanden kennen lernen? Würde sie eine Prämie bekommen? Würde sie im Lotto gewinnen? Waren es vielleicht nur Kleinigkeiten, die sich ändern würden? Zum Beispiel, dass ihre Mutter ihr bei den seltenen Telefonaten nicht mehr vorwerfen würde, dass sie nie heiraten und Kinder bekommen würde oder, dass ihr endlich das Soufflé gelingen würde, an dem sie schon so oft gescheitert war.

Es gab so viele Möglichkeiten.

Andererseits hatte Pauli es aber auch verdient mal eins auf die Rübe zu bekommen. Er war echt gemein zu ihr gewesen.

Alte Gefühle kamen wieder in ihr hoch, böse Gefühle. Dann griff ihre Hand automatisch nach dem Kästchen und klappte den Deckel auf. Aber nichts geschah, kein Gin kam hervor und versprach ihr drei Wünsche zu erfüllen. Keine Stimme: »Wir beglückwünschen Sie zu ihrem Entschluss, holen sie Ihren Hauptpreis ab acht Uhr auf der Poststelle ab!«. Shit! Sie klappte den Deckel wieder zu. Wenn sie jetzt die Kiste berührte, erschien eine 1 anstatt der ›∞‹, ansonsten war alles wie gewohnt.

Jetzt war sie beruhigt. Das war sicher alles nur Fake und ein blöder Witz oder vielleicht ein Werbegag.

Sie schlich ins Schlafzimmer und kuschelte sich in ihr Bett. Unruhe kam wieder in ihr hoch, sie begann plötzlich zu bereuen, was sie getan hatte. Irgendwann döste sie dann weg.

Schweißgebadet wachte sie nach unruhigem Schlaf wieder auf. Die Uhr zeigte 10:00 Uhr. Durch die Ritzen des Rollos schien die Sonne. Sie lauschte in die Wohnung. Kein Telefon, keine Türklingel, nichts! Es war Sonntag und es war gewohnt still. Alles war wie immer.

Sie verbrachte einen gemütlichen Tag auf ihrem Balkon.

Als auch Montag früh die Welt immer noch in Ordnung war, hakte sie das Kästchen ab, schrieb Sophie Bartholomäus in die Liste auf der Rückseite des Briefes, verpackte das Kästchen in Packpapier, brachte es zur Post und schickte es an ihre beste Freundin Elisabeth Weber. Aus den Augen, aus dem Sinn, dachte sie.

Doch am Dienstag geschah dann doch noch etwas Schönes auf ihrem Weg ins Büro.

»Schau, wen ich dabei habe«, meinte ihre Kollegin Martina und zwinkerte ihre verschwörerisch zu. »Ich habe dir schon so viel von ihm erzählt, das ist Leon.« Sie standen in der Schlange bei ›Starbucks‹ und warteten auf den bestellten Kaffee. Sophie drehte sich um und sah direkt in die stahlblauen Augen von Leon. Es war Liebe auf den ersten Blick.

»Ich, ich bin... ähhh...«, stotterte sie.

»Das ist Sophie und sonst kann sie schon ganze Sätze formulieren!« Martina lachte.

»Freut mich! Leon!«, sagte Leon und reichte ihr die Hand. Als sie sie ergriff, zog sich eine wohlige Wärme von ihren Fingerspitzen bis in ihren Magen. Das war er, ihr Traummann, das wusste sie sofort. Sie würde seine Hand nie mehr los lassen! Nicht nur das, sie würde ihn nie mehr loslassen!

Drei Tage schwebte sie im siebten Himmel. Doch dann geschah es. Leon war gerade im Bad in Sophies Wohnung verschwunden. Sie räkelte sich noch im Bett. Da klingelte Leons Smartphone auf dem Nachtkästchen. Zuerst ignorierte sie es. Als es wenig später wieder anfing, angelte sie danach. Im Display stand ›Mein Schatzi‹. Ihr wurde schwarz vor Augen. Da sie in ihrem Bett lag und niemanden angerufen hatte, musste ›Mein Schatzi‹ jemand anderes sein.

Da kam Leon aus dem Bad.

»Übrigens, ›Mein Schatzi‹ hat angerufen. Vielleicht solltest du mal zurückrufen, schien dringend zu sein!«, sagte sie beiläufig.

Zuerst wurde Leon bleich, dann purpurrot. Er stand mitten im Zimmer und rang offenbar mit sich.

»Tja, da hast du mich wohl erwischt! Ich bin verheiratet und habe zwei Kinder!« Leon schien relativ gefasst.

»Da ist die Tür!«, Sophie sprang aus dem Bett und verschwand im Bad.

Sie wusste, was passiert war! Elisabeth hatte das Kästchen geöffnet! Diese Bitch! Von wegen beste Freundin!

»Ich glaube ich statte Elisabeth heute mal einen Besuch ab!«, murmelte Sophie und grinste diabolisch.

Sie hörte, wie die Wohnungstür zuschlug.

›Das Puzzle‹

Es war ein Puzzle von Sylt im hohen Norden,

das erzählte, jemand würde dich ermorden.

Doch das letzte Teil setzt du ein,

sie erscheint, bringt dir keine Pein,

doch sollten deine Gefühlte nicht überborden.

Das Puzzle bekam Wolfgang Prakl von seiner Schwester Maria geschenkt, nachdem sie mit ihrem Mann Hubert einen Wohnmobilurlaub im Norden verbracht hatten. Das Reisemitbringsel für den 50jährigen, etwas untersetzten und bereits grauhaarige Wolfgang, war kein fabrikneues Exemplar, sondern ein gebrauchtes vom Flohmarkt in List auf Sylt. Die Puzzelschachtel war an den Ecken eingedellt und das Bild von einem endlosen Sandstrand mit Leuchtturm auf dessen Deckel schon leicht vergilbt.

Es hieß ›Sylt‹ und hatte 1000 Teile. Hoffentlich sind noch alle da, war Wolfgangs erster Gedanke, denn er hatte keine Lust, nach Tagen verzweifelten Zusammensteckens von rundlich geformten Teilen, an einem fehlenden Puzzleteil zu scheitern.

Da war er ein Hardcorepuzzler. Entweder alle oder keins!

Zuerst betrachtete er das Bild auf dem Deckel. Auf den ersten Blick sah man, dass es nicht einfach werden würde. Im oberen Drittel des Bildes war blauer Himmel mit ein paar Schleierwölkchen zu sehen, in der Mitte grünes Dünengras und im unteren Bereich Sandstrand mit wenigen Konturen. Das einzige einfache Stück würde der Leuchtturm werden, der auf der linken Seite stand, aber das waren nur relativ wenige Teile.

Es würde also eine Herausforderung werden. Seine Schwester kannte ihn und wusste, dass er nur mit einem anspruchsvollen Puzzle zu begeistern war.

Also frisch ans Werk!

Erst kippte er alle Teile auf seinen Puzzletisch. Der stand im Wohnzimmer und war groß genug für Puzzles bis 5000 Teile. Dann kam der langweilige Teil. Alle Teile mussten umdrehen werden, so dass die Bildseite oben lag, und dann die Randteile heraus gesucht. So verging der erste Abend.

Den nächsten Abend verbrachte er mit dem Rand, was relativ einfach war. Zum Abschluss suchte er noch die Leuchtturmteile heraus und setzt ihn schon einmal zusammen. Na wer sagte es denn, der Abend endete doch noch relativ erfolgreich.

Am dritten Tag machte er drei Haufen, blaue Himmelteile, grüne Grasteile und weiße Sandteile. Er beschloss mit den Grasteilen anzufangen, da das Gras direkt an den Leuchtturm anschloss und er so schon einen Anhaltspunkt hatte. Immerhin schaffte er noch teilweise sechs Reihen Teile, an manchen Stellen sogar sieben oder acht. Man konnte die Vegetationszone schon erahnen.

Sein Erstaunen am nächsten Abend war aber groß, als er sein bisheriges Werk betrachtete. Dort wo mehr als vier Reihen lagen, hatten sich die innen liegenden Puzzleteile umgefärbt und zeigten offenbar ein anderes Bild.

Er war verwirrt. Da er alleine wohnte, konnte niemand das Puzzle ausgetauscht haben. War er es selber im Schlaf gewesen? Aber er war doch kein Schlafwandler. Erst erschien ihm alles kryptisch und undurchschaubar, doch dann zeigte sich eine gewisse Systematik. Es waren immer mindestens fünf Reihen nötig. Jeweils zwei Reihen mit dem Sylt Bild umgaben eine, oder zwei oder drei Reihen des neuen Bildes. Damit war garantiert, dass man das Puzzle, das heißt das originale Bild, gut weiter legen konnte.

Was das neue Bild zeigte, war noch nicht zu erkennen, da es bis jetzt zu wenige Teile waren. Aber die Brauntöne überwogen. Er widerstand dem inneren Zwang alle Teile des verhexten Puzzles wieder in den Karton zu befördern. Grimmig beschloss er erst mal weiter zu machen. Irgendwie war er gespannt, was sich da zeigen würde.

In einer Nachtsession gelang es ihm den kompletten Wiesenstreifen zu legen. Er saß noch einige Zeit vor dem Puzzle und wartete, dass sie etwas ändern würde, aber nichts geschah. Schließlich ging er ins Bett.

Als er am nächsten Tag von der Arbeit zurück kam, war sein erster Weg zu seinem Puzzletisch. Tatsächlich waren wieder Teile anders gefärbt. Ihm wurde leicht schwindelig und er musste sich aufs Sofa setzen. Jetzt konnte man auch bereits etwas erkennen.

Das neu entstehende Bild zeigte offenbar einen Tisch und darauf einen Karton oder eine Kiste. Auch Fragmente von Zahlen waren zu erkennen. Er machte sich zwei Wurstbrote zum Abendessen und setzt sich mit dem Teller und einem Weißbier wieder an sein Abendwerk.

Bald hatte er sich weiter Richtung Strand vorgekämpft und die Reihen von Teilen wurden immer mehr. Genauso wie gestern geschah an diesem Abend nichts mehr. Es hieß also bis zum nächsten Abend zu warten.

Gespannt kam er am nächsten Tag von der Arbeit zurück und sein erster Weg war zu seinem Puzzle. Und wieder zeigte sich ein größeres Teil des neuen Bildes.

Es war tatsächlich ein Tisch und darauf stand eine Kiste aus Holz, die mit Einlegearbeiten verziert war. Außerdem war in deren oberen Drittel ein Teil eines Datums zu erkennen: 0.2023. Hoppla, das war ja eine aktuelle Kiste, man durfte gespannt sein, wie es weiter ging.

An diesem Abend konnte er die untere Hälfte des Bildes fertig stellen. Hoch zufrieden ging er ins Bett.

Am nächsten Abend fühlte er sich extrem cool. Er aß erst einmal etwas und machte sich ein Bier auf, bevor er sein Puzzle inspizierte.

Über dem Datum begann ein Text zu erscheinen, der allerdings noch nicht zu lesen war. Dafür waren die Zahlen vollständig. 15.10.2023 stand da. Er sah schnell nach, das war in einer Woche. Sollte da etwas passieren? Vielleicht gab der Text ja Aufschluss darüber. Also, frisch ans Werk und weiter gebastelt.

Am nächsten Tag kam er nicht dazu zu puzzeln, da er lange in einer Besprechung fest hing. Völlig fertig fiel er ins Bett und schlief bis morgens durch.

Frischen Mutes wollte er gerade die Wohnung verlassen, aber seine Neugier siegte doch noch. Er warf einen Blick auf sein Zauberpuzzle. Da hatte sich tatsächlich etwas getan. Statt des 15.10.2023 stand da jetzt der 16.10.2023.

Hatte sich das Datum geändert, weil er gestern nicht daran gearbeitet hatte? Auch die Schrift war deutlicher geworden. Er konnte Fragmente entziffern: D......erben. Was sollte er erben? Wer würde in nächster Zeit sterben? Nachdem seine Eltern schon lange tot waren und er auch keine Erbtante hatte, wusste er nicht, wen er beerben sollte. Morgen würde er mehr wissen!

Am Abend des nächsten Tages stand er mit offenem Mund

vor dem fast fertigen Sylt Bild.

Die Schrift war jetzt vollständig und da stand: Du wirst sterben am 16.10.2023. Ihn traf beinahe der Schlag vor Schreck. Schweiß bildete sich auf seiner Stirn. Damit hatte er nicht gerechnet! Er würde nichts erben. Sterben würde er, sterben! Er musste sich erst mal hin setzen. Das hieß ein anderer würde sein Hab und Gut bekommen. Aber woran sollte er abkratzen? Er war fit und gesund, fuhr vorsichtig Auto und hatte keine gefährlichen Hobbies, wie Fallschirm springen oder Moto cross fahren. Ein komisches Gefühl breitete sich von seinem Magen im ganzen Körper aus. Tat ihm nicht schon der linke Arm weh? Er bekam ziehende Kopfschmerzen. Er musste sich hin legen. Ihm war schon ganz übel! Doch dann riss er sich zusammen.

Er würde das Puzzle vollenden! Und er würde ein Testament schreiben! Er würde morgen einen Notar anrufen und sich erkundigen, was dazu nötig war.

Ohne besondere Motivation machte er sich ans Werk, um die letzten Teile einzusetzen.

Schlecht gelaunt betrat er am nächsten Abend seine Wohnung. Er hatte ein unerquickliches Gespräch mit einem Notar hinter sich. Vor allem wusste er immer noch nicht, wem er sein Hab und Gut hinterlassen sollte. Egal, es zog ihn zu seinem Puzzle. Und da staunte er nicht schlecht.

Der Deckel der Kiste war geöffnet. Der Kopf einer Frau war erschienen, einer gut aussehenden Frau mit langen schwarzen Haaren, blauen Augen, schmalem Gesicht und auffällig rot geschminktem Lippen. Anstatt seiner Todesnachricht stand da jetzt ›Sabrina‹.

Das war doch zumindest mal erfreulich. Sollte das heißen, er würde eine Sabrina kennen lernen. Oder würde die ihn töten? Gleich verschlechterte sich seine Laune wieder. Würde er sterben, wenn er sie kennen lernte? Oder hatte er die Schrift falsch verstanden. Das konnte er aber nicht mehr feststellen, weil sie verschwunden war.

In den nächsten Tagen passierte nichts. Er hielt überall Ausschau nach dieser ominösen Sabrina, lief schwarzhaarigen Frauen hinterher und verglich sie mit dem Bild des Puzzles auf seinem Smartphone. Aber er fand sie nicht.

Und sein angeblicher Todestag näherte sich unaufhaltsam.

Am 16.10. stand er mit einem unguten Gefühl auf und bewegte sich extrem vorsichtig durch seine Wohnung. Es passierten nachweislich die meisten Unfälle im eigenen Heim. Sollte er heute freinehmen und im Bett bleiben? Nein, dann würde er die ganze Zeit nur vor sich hin grübeln! Er entschloss sich dem Leben entgegen zu treten und hinaus und ins Büro zu gehen.

Folgerichtig wollte er die Gefahren des eigenen Autos auszuschließen, mit dem Bus zu seiner Arbeitsstelle fahren und das letzte Stück zu seinem Bürohochhaus zu Fuß zu gehen.

Der 3er Bus hielt etwa 500 Meter an der Hauptstraße vor dem Eingang zu dem Hochhaus mit seinem Arbeitsplatz. Der lag in einer kleinen Nebenstraße. Inzwischen wieder guten Mutes schritt er aus und sah um sich.

Und dann wurde er auf eine Frau auf der anderen Straßenseite aufmerksam. Sie trug einen knielangen Trenchcoat und schwarze Lederstiefel. Außerdem Handschuhe und eine große Handtasche über der Schulter.

Und sie hatte lange schwarze Haare, so schwarz, dass sie alles Licht zu verschlucken schienen.

Wow, er wusste sofort, das war sie! Seine Sabrina! Es gab keinen Zweifel, sie war es! Er blieb wie angewurzelt stehen und rief:»Sabrina! Hallo!«

Und die Frau reagierte tatsächlich. Sie sah zu ihm hinüber und winkte verstohlen. Er musste sofort zu ihr, nicht das sie wieder verschwand! Diese Chance konnte er sich nicht entgehen lassen!

Völlig verwirrt und kopflos macht er zwei Schritte auf die Straße, als ihn ein roter Range Rover mit 50 in der 30er Zone frontal erwischte und umfuhr.

›Der Ring‹

Es war einmal zur Verlobung ein Ring,
Hermann staunte über das tolle Ding.
Doch sah ihn nur er allein,
seine Freundin fand das nicht sehr fein.
Und es schien, als ob wieder alles von vorne anfing.

»Guten Morgen, ich möchte meinen Ring abholen!«, sagte Hermann Seitzinger. Er stand am Tresen des Juwelierladens ›Schmuckstück‹ und sah die Verkäuferin, die gleichzeitig die Besitzerin war, gespannt an.

Xhemile Abadis Laden war erst vor kurzem eröffnet worden und noch ein Geheimtipp. Hier gab es die außergewöhnlichsten und schönsten Schmuckstücke in ganz Nürnberg. Xhemile war vor fünf Jahren aus dem Iran gekommen, hatte einen reichen Deutschen geheiratet und sich dann selbständig gemacht.

Über ihr schwebte der Hauch von Tausend und einer Nacht. Sie trug ein weites, bunt besticktes Gewand. Unter ihrer turbanähnlichen Kopfbedeckung quollen schwarze Löckchen hervor. Hermann kannte den Begriff für diese Art Kopfbedeckung nicht. Aber es gefiel ihm und passte zur Verkäuferin. Xhemiles Goldschmuck am Hals und an beiden Handgelenken klimperte und glitzerte bei jeder Bewegung geheimnisvoll.

Hermann kam sich in seinem grauen Anzug, dem weißen Hemd und mit seiner dezenten Krawatte vor wie eine graue Maus. Außerdem war sein braunes Haar exakt kurz geschnitten und seinen Bart ließ er jede Woche bei ›Sarko's

Barbershop‹ trimmen.

Aber schließlich war er auch kein Goldschmied, sondern Buchhalter bei ›Watte Richter‹.

»Gerne Herr Seitzinger!«, Xhemile verschwand in den hinteren Räumen, kam kurz darauf mit einer Box zurück und stellte sie auf die Theke.

»Sie sind sicher neugierig!«, sagte sie, »Schauen Sie rein!«

Mit zitternder Hand nahm Hermann das Schächtelchen und klappte es auf. Da war er, ein Silberring mit einem kleinen Zirkon! Das Außergewöhnliche daran war die Einlegearbeit, ein Streifen Eichenholz zog sich fast um den ganzen Ring. Er sah toll aus. Xhemile wies ihn noch einmal auf alle feinen Nuancen hin und beschrieb, wie sie die einzelnen Teile des Rings gefertigt hatte.

Er würde hervorragend zu seiner Angebeteten passen. Denn sie war Försterin und allem, was aus Holz war zutiefst verbunden. Zufällig hieß sie auch noch Hildegard Förster! Das erwähnte er nochmal, obwohl er das bei der Bestellung schon erzählt hatte.

»Ich bin total begeistert! Frau Abadi, sie sind eine wahre Künstlerin!«, lobte Hermann Seitzinger die Frau, ganz außer sich vor Begeisterung.

»Das freut mich, dass er Ihren Vorstellungen entspricht! Das macht dann 430 Euro!«, antwortete sie verbindlich. Sie war auch eine clevere Geschäftsfrau.

Hermann zahlte mit Kreditkarte, steckte das Schächtelchen ein und verließ den Laden. Xhemile sah ihm hinterher und lächelte versonnen.

Zu Hause angekommen, klappte er das Kästchen auf und ergötze sich am Aussehen des Ringes. Der würde Hildegard sicher gefallen! Außerdem hatte er sich für seinen Antrag

Spektakuläres einfallen lassen. Er würde sie ins ›Gutmann‹ am Dutzendteich in den Biergarten einladen.

Hildegard war bodenständig und brauchte keine Haute Cuisine. Dann würden sie zum naheliegenden Dutzendteich spazieren und eines der Schwanentretboote mieten. Sie würden hinausfahren auf den See und er würde ihr im Schein der untergehenden Sonne den Antrag machen. Ein toller Plan! Sie sagte sicher ›Ja‹. Irgendwie lag das Ganze auch ja auch schon länger in der Luft. Sie waren jetzt fast drei Jahre zusammen und hatten sich auch schon über Kinder unterhalten. Wenn das kein Zeichen war.

Das Wetter meinte es gut mit dem Liebespaar. Es war ein wunderschöner, warmer Donnerstagabend im Juli. Sie saßen unter den Sonnensegeln im Biergarten des ›Gutmann‹ und konnten durch die hohen Bäume auf die Ausläufer des Dutzendteichs sehen. Aber Hermann hatte sowieso nur Augen für Hildegard. Auch sie lauschte gebannt den Ausführungen von Hermann, der wieder einmal von den Vorzügen eines eigenen Häuschens auf dem Lande sprach.

Er trug, ganz im Freizeitlook, ein leichtes Sommerhemd von VEDE und schwarze Jeans, sie ein leichtes, gelbes Sommerkleidchen, dass ihre Reize voll zu Geltung brachte. Und davon hatte sie wahrlich einige. Hildegard war eine etwas schüchterne Schönheit mit herrlich schwarzem langen Haar, einem vollen Busen und Beinen, die bis in den Himmel zu reichen schienen. Ihre Schüchternheit führte Hermann auf ihren Beruf zurück. Sie war ja Försterin und wer den ganzen Tag im Wald verbringt ist sicher keine Poserin. Aber die beiden würden sicher schöne und intelligente Kinder bekommen.

Er aß mit Appetit sechs original Nürnberger Bratwürste auf Kraut. Sie genoss einen Fischer Salat mit Zanderfilet und

Balsamico Dressing.

Ein laues Lüftchen wehte über den Teich. Kurz, es war ein Abend, an dem Helden gezeugt wurden. Vielleicht würden sie das heute auch noch tun.

Nach dem Essen schlug Hermann vor: »Lass uns noch etwas am See spazieren gehen!« Sie stimmte mit einem verschmitzten Lächeln zu.

Händchen haltend flanierte sie am See entlang. Sie erreichten den Bootsverleih.

»Komm` wir stechen in See!«, schlug Hermann vor.

Hildegard zierte sich zuerst etwas. Dann gab sie nach und sie bestiegen den riesigen rosa Schwan. In aller Ruhe fuhren sie hinaus, es war für den Sonnenuntergang noch etwas zu früh.

Sie hielten in der Mitte des Sees und Hermann küsste seine Liebste heiß und innig.

Nachdem sie sich wieder voneinander gelöst hatten, und die Sonne rot glühend im Wasser versank, wandte Hermann sich Hildegard zu, zog das Kästchen aus seiner Hosentasche und sagte salbungsvoll: »Ich möchte dich etwas fragen! Nachdem wir jetzt drei Jahre zusammen sind...«

»Zwei Jahre und 183 Tage!«, verbesserte ihn Hildegard. Hermann lächelte sanft, wer war hier der Buchhalter, und fuhr fort.

»Zwei Jahre und 183 Tage, und uns wie am ersten Tag lieben und auch schon über Kinder gesprochen haben...«

»Ich möchte drei. Amelie, Rasmus und Charlotte oder Christian!« Warum musste sie immer dazwischen quatschen. Das störte Hermann im Moment und er war kurz davor, die Aktion abzubrechen.

»Gut drei! Was ich sagen wollte, ich möchte dich fragen, ob du mich heiraten willst!«

Hildegard starrte auf das Kästchen in Hermanns Hand.

Der realisierte in dem Moment, dass es immer noch geschlossen war und klappte es mit einem triumphierend Lächeln auf.

Erst starrte Hildegard auf das Schächtelchen und Hermann erwartete Freudenschreie und extatische Zustimmung.

»Willst du mich verarschen!«, rief Hildegard statt dessen nach einem kurzen Moment schrill, »Da ist ja gar nichts drin!« Entrüstet sah sie den völlig verdutzten Hermann an. Wie konnte das sein? Die ganze Woche war der Ring in der Schublade in seinem Nachtkästchen gewesen. Da kam niemand ran!

»Das verstehe ich nicht! Entschuldige, ich wollte dich nicht verarschen!«, stotterte Hermann und drehte das Kästchen zu sich. Was wollte die dumme Gans?

»Aber da ist er doch! Schau!«, sagte Hermann und hielt das Kästchen Hildegard unter die Nase. Die starrte Hermann wie einen Geisteskranken an.

»Da ist immer noch nichts! Ich will zurück! Fahr!«, befahl sie. Hermann war wie erstarrt. War das ein Trick, weil sie kalte Füße bekommen hatte? Hatte sie einen anderen?

Die irrsten Gedanken schwirrten ihm durch den Kopf.

Befehlsgemäß strampelte er zurück. Hildegard stieg aus und rannte so schnell zum Auto, dass Hermann ihr kaum folgen konnte. Es war eine schreckliche Heimfahrt, die Hermann sofort aus seinem Gedächtnis tilgte.

Zuhause im Wohnzimmer seiner Zwei Zimmer Wohnung versuchte er zu verstehen, was da heute Abend passiert war. Warum sah er den Ring, Hildegard aber nicht? Irgend etwas stimmte hier nicht! Das würde er bei seinem Freund Hans Peter testen, sofort! Obwohl es schon kurz vor Mitternacht war, setzte er sich ins Auto und fuhr zu ihm.

Das Haus von Hans Peter war schon komplett dunkel. Trotzdem klingelte er Sturm.

Kurz darauf ging ein Licht an und jemand kam laut schimpfend die Treppe herunter. Das hörte man sogar vor der Haustür. Dann wurde sie aufgerissen. Ein missmutiger Hans Peter im Bademantel mit Hawaiimuster glotzte ihn an. Seine schütteren Haare standen ihm vom Kopf ab und unter den Augen hatten er dunkle Ringe.

»Was willst du? Bist du verrückt oder was?«, sprudelte er hervor.

»Du musst mir helfen! Ich glaub, ich werd verrückt!«, Hermann zog das Kästchen mit dem Ring aus der Tasche und klappte es auf.

Sein Freund starrte darauf und fragte dann: »Und? Eine leere Ringschachtel. Was soll mir das sagen?«

Schnell drehte Hermann die Schachtel. Verdammte Kacke, er sah den Ring! Er war wahnsinnig geworden! Eine andere Möglichkeit gab es nicht! Er verstand die Welt nicht mehr. Schweigend drehte er sich um und ging zu seinem Auto. Hans Peter sah ihm verständnislos hinterher, schlug die Haustür zu und schlurfte schimpfend Richtung Schlafzimmer.

Hermann saß noch einige Zeit im Auto und dachte nach. Morgen würde er zu Xhemile Abadi fahren und ein Wörtchen mit ihr reden. Sie hatte ihn irgendwie verzaubert und betrogen. Sie war eine iranische Hexe, ein Dschinn oder so was, das war die einzige Erklärung.

Gleich am nächsten Tag machte Hermann sich auf zum Juwelierladen ›Schmuckstück‹.

Er betrat das Geschäft und schlug wütend auf die Glocke auf der Theke. Sofort tauchte Xhemile Abadi aus den hinteren Räumen auf.

»Hat der Ring ihrer Freundin gefallen, Herr Seitzinger?«, fragte sie scheinheilig und lächelte ihn, seiner Meinung nach, spöttisch, an.

»Sie sind eine Betrügerin! Niemand außer mir kann den Ring sehen! Wie machen Sie das? Haben sie mich verzaubert, hypnotisiert oder was?«, legte Hermann gleich los.

Aber die Frau ließ sich nicht aus der Ruhe bringen: »Beruhigen Sie sich erst mal und geben Sie mit das Schächtelchen mit dem Ring«, sagte sie sanft.

Hermann reichte ihr es über die Theke.

»Einen Moment bitte!«, meinte Xhemile und verschwand in den hinteren Räumen. Kurz darauf kam sie zurück. Sie stellte ein Schächtelchen auf die Theke.

»Sie sind sicher neugierig!«, sagte sie, »Schauen Sie rein!«

Mit zitternder Hand nahm Hermann das Schächtelchen und klappte es auf. Da war er, der Silberring mit einem kleinen Zirkon. Das Außergewöhnliche daran war die Einlegearbeit, ein Streifen Eichenholz zog sich fast um den ganzen Ring. Er sah toll aus. Xhemile wies ihn noch einmal auf alle feinen Nuancen hin und beschrieb, wie sie die einzelnen Teile des Rings gefertigt hatte.

Er passte hervorragend zu seiner Angebeteten. Sie war Försterin und allem, was aus Holz war zutiefst verbunden. Zufällig hieß sie auch noch Hildegard Förster! Das erwähnte er nochmal, obwohl er das bei der Bestellung schon erzählt hatte.

»Ich bin total begeistert! Frau Abadi, sie sind eine wahre Künstlerin!«, lobte Hermann Seitzinger und war ganz außer sich vor Begeisterung.

»Das freut mich, dass er Ihren Vorstellungen entspricht! Das macht dann 430 Euro!«, antwortete sie verbindlich. Sie war ganz clevere Geschäftsfrau.

Hermann zahlte mit Kreditkarte, steckte das Schächtelchen ein und verließ den Laden.

Xhemile sah ihm hinterher und lächelte versonnen.

›Der Siebenschläfer‹

Es war einmal auf einem Dach ein ungebetener Gast,

das ließ ein Ehepaar verzweifeln, fast.

Ihn einzufangen war ihr Begehr,

da war`n sie gar nicht fair.

Er war sich sicher, dass der Gast in eine Pfanne passt.

Stefan Burlovski hatte gerade einen etwas schlüpfrigen Traum, in dem ihre neue Nachbarin eine nicht unwesentliche Rolle spielte. Sie war jung, schlank und blond, er leider nur alt, dick und grauhaarig. Aber in Träumen macht so etwas ja bekanntlich nichts aus. Plötzlich wurde er von der Stimme seiner Frau Albine geweckt, die auch alt und grau war, aber noch eine passable Figur hatte: »Stefan, wach auf, Stefan! Da ist jemand im Haus!«

»Wer, wo?«, mehr brachte er nicht zustande. Er setzte sich auf. Tatsächlich, da waren seltsame Geräusche. Ganz orten konnte er sie allerdings nicht. War das jetzt unten im Erdgeschoss oder oben, auf dem Dachboden?

»Von woher kommt das?«, fragte er seine Frau schlaftrunken und machte die Nachttischlampe an.

»Tu was Stefan!«, antwortete die, zog sich die Bettdecke bis unters Kinn und sah ihn erwartungsvoll an.

Sollte er sein warmes, weiches Bett wirklich verlassen, um Gespenster zu jagen? Albine stupste ihn mit ihrem spitzen Ellenbogen in die Seite.

Seufzend setzte er sich auf.

Zuerst brauchte er eine Waffe, um sich gegen den Eindringling wehren zu können. Sein Blick schweifte durch das Schlafzimmer. Nichts war hier als Waffe zu gebrauchen.

Dann hieß es jetzt also sein Heim mit schierer Manneskraft zu verteidigen, nur seine stahlharten Fäuste waren gefragt. Er schwang seine Beine aus dem Bett und wollte sich nach unten aufmachen.

»Nimm` ne Waffe mit!«, sagte Albine neunmal klug.

»Da bin ich auch schon drauf gekommen! Wenn du mir noch sagst, was das sein sollte!«, sagte er genervt. Seine Frau sah sich auch um und kam offenbar zum selben Ergebnis wie er.

»Dann unterstütze ich dich wenigstens moralisch!«, beschloss seine Frau und stand auch auf. Wollte sie den Einbrecher mit ihrem altbackenen Sexapeal niederstrecken oder was? Sie hatte ihr rosa Nachthemd an, mit dem sie nicht mal einen Blinden verführen hätte können.

»Zieh dir wenigstens einen Bademantel an! Du erschreckst ja den Einbrecher!«, warf er ein.

»Du blödes Arschloch! Aber wenigstens wäre er dann kurz außer Gefecht gesetzt!«, antwortete Albine beleidigt.

Seine Frau zog schmollend ihren Bademantel über und folgte ihrem Mann die Treppe nach unten. Die Geräusche waren immer noch zu hören. Sie durchforsteten ein Zimmer nach dem anderen, aber es war alles ok. Niemand war im Erdgeschoss. Sie machten im ersten Stock weiter. Immer noch Geräusche. Der Verdacht lag nahe, dass sie vom Dachboden kamen.

»Aber auf den Dachboden gehe ich jetzt nicht. Das wäre der erste Einbrecher, der über das Dach eines Einfamilienhauses einbricht. Will er unsere alten, zerlegten Möbel klauen oder die vergammelten Spielsachen unserer Kinder?« Stefan fror und er war müde.

»Gut, wenn ich blutüberströmt und vergewaltigt vom Kettensägemörder neben dir aufwache, bist du schuld!«, postulierte seine Frau.

»Wenigstens bin ich dann ausgeschlafen!« Sein Ischias meldet sich wieder und er sehnte sich nach seiner Heizdecke.

»Du liebst mich einfach nicht mehr!«, stichelte Albine. Sie zog ab in ihr Bett und er hörte sie etwa zwei Minuten leise weinen, bevor sie einschlief.

Der nächste Morgen begann genauso chaotisch, wie die Nacht geendet hatte. Obwohl keine Geräusche mehr zu hören waren, bestand seine Frau darauf, dass er noch vor dem Frühstück auf den Dachboden stieg, um fest zu stellen, wer da nächtens rumorte.

O-Text seine Frau: »Wenn du mich nur noch ein bisschen liebst, bist du jetzt mein goldener Ritter und besiegst den Feind!«

Er zog also die Leiter zum Dachboden aus der Decke und begab sich in Schlappen auf Expedition. Aber um nicht lange darum herum zu reden, da war nichts. Zumindest fand er nichts.

»Nichts und niemand!«, erstattete er bei seiner Frau Rapport, während er die Leiter wieder hochschob. Jetzt konnten sie endlich frühstücken. Er lechzte nach Kaffee und Spiegelei.

Aber es war noch nicht vorbei. In der nächsten Nacht waren wieder Geräusche zu hören.

Am Morgen wieder das selbe Ritual, er auf den Dachboden, fand etwas Dachisolationsmaterial auf dem Boden, Rapport an seine Frau, Frühstück. Das ging drei Tage so.

»Das hat doch so keinen Sinn! Wir brauchen einen Kammerjäger!«, seine Frau sah ihn anklagend an, während sie in ihre Käsesemmel biss. Dabei hatten sie ihren Kindern beigebracht, dass man nicht mir vollem Mund redete. Er überlegte, ob er das anbringen sollte, entschied sich dann aber aus verschiedenen Gründen dagegen. Zum Beispiel wollte er heute Mittag etwas zu essen bekommen!

»Gut, ich schaue im Internet nach und rufe jemanden an«, besänftigte er seine Frau.

Als erstes erfuhr er, dass das nicht mehr Kammerjäger hieß, sondern Schädlingsbekämpfer, obwohl bisher noch niemand wusste, ob sie einen Nützling oder Schädling auf dem Dachboden hatten. Aber Nützlingsbekämpfer klang wirklich nicht so gut. Er entschied sich für die Firma ›Bishop, Ungeziefer ex und hopp!‹ und rief da an.

Am Nachmittag kam Herr Bishop selbst vorbei, erklomm den Dachboden und unterbreitete ihm danach die schreckliche Nachricht: »Sie haben Siebenschläfer!«

»Ist das jetzt gut oder schlecht?«, wollte Stefan wissen.

»Schlecht! Die zerlegen ihre Dämmung und scheißen alles voll. Außerdem kriegen die Junge und dann haben sie nicht nur zwei Siebenschläfer, sondern fünf oder sechs oder sieben!«, stellte Herr Bishop die Apokalypse dar.

»Und was machen wir da nun?«, wollte Stefan wissen.

»Lebendfalle! Ich hab eine im Auto?«, das war offenbar eine Frage.

»Gut, her mit der Falle!«, sagte Stefan. Herr Bishop verschwand kurz und kam dann mit einer etwa 70 cm langen Holzkiste zurück, an der außen ein Gestänge befestigt war und die verschiedene Türen und Klappen aufwies.

»Das ist eine Holzfalle, umwelt- und tierfreundlich. Ich erklär Ihnen, wie das funktioniert.« Dann überhäufte er ihn mit einer Welle an Fachausdrücken, aber das Wichtigste verstand und verinnerlichte er, »Sie müssen jeden Tag frisches Obst hineintun, wenn Sie nichts gefangen haben.«

Dass er selber arbeiten musste, war ihm neu, er dachte, dafür sei Herr Bishop da.

»Kommen Sie mit, ich zeige Ihnen, wo wir die Falle am Besten aufstellen. Haben Sie einen Apfel oder so was?«, wollte Herr Bishop wissen.

Nachdem sie die Falle unter dem zerlegten Kleiderschrank ihrer Tochter Helga platziert hatten und ein Apfel darin auf Kunden wartete, kehrte für diesen Tag erst mal Ruhe ein. Und er hatte endlich Zeit sich über seinen Gäste zu informieren. Wie üblich war Wikipedia dabei sehr hilfreich.

Der **Siebenschläfer (*Glis glis*)**

ist ein nachtaktives Nagetier aus der Familie der Bilche (Gliridae). Seine Gestalt erinnert

an Eichhörnchen und Grauhörnchen, doch ist er deutlich kleiner, hat große, schwarze Augen, rundliche Ohren und einen weniger buschigen Schwanz. Das Gesicht weist keine Zeichnungen, aber lange Tasthaare auf. Die Fußballen sind stets etwas feucht, so dass Siebenschläfer Bäume und Wände ohne Probleme erklimmen können. Sie werden bis zu 9 Jahre alt und erreichen ein Gewicht von 70 bis 160 g. Die Kopf-Rumpflänge beträgt 13 bis 18 cm, dazu kommt der 11 bis 15 cm lange Schwanz. Der Siebenschläfer war in Deutschland Tier des Jahres 2004 und in Österreich Tier des Jahres 2021.

Jetzt wusste er also erst mal Bescheid. Außerdem stand weiter unten, dass der Siebenschläfer als Delikatesse gehandelt und gegessen wurde. Und, dass er nicht unter Schutz stand. Das war doch schon mal eine positive Nachricht. Ihm lief schon das Wasser im Mund zusammen.

Meerschweinchen hatte er in Peru schon gegessen, warum nicht einen selbst gefangenen Siebenschläfer. Der sprang ihm ja quasi von selbst auf den Teller. Selber schuld, wenn er sich seinen Dachboden als Heimat ausgesucht hatte.

»Hast du schon mal Siebenschläfer gegessen?«, fragte er beim Mittagessen seine Frau. Die verschluckte sich fast an ihrem Schnitzel. Sie hatte ihn in Peru auch davon abbringen wollen, die Meersau zu verzehren.

»Du bist ein Monster!«, war ihr Kommentar, nachdem sie wieder zu Atem gekommen war, »Erinnerst du dich noch an das Meerschweinchen, das süße Tier, in Peru? Das war genauso pervers!«

War ja klar, dass das kommen musste. Er sagte vorsichtshalber nichts mehr.

Aber es stellte sich sowieso als schwierig heraus das Tier zu fangen. Der Apfel war immer wieder angenagt, aber niemand gefangen.

Als er Herrn Bishop anrief und ihm die Lage schilderte war dessen Antwort, »Da muss man geduldig sein, das wird schon. Rom wurde auch nicht an einem Tag erbaut!«

Rom war Stefan allerdings leidlich egal, er wollte nur das lästige Tier einfangen.

Stefan veränderte den Standplatz der Falle und stellte sie hinter einen Stapel alter Kisten, von denen niemand mehr wusste, was sie enthielten, aber auch ohne Erfolg. Das Scheiß Vieh fraß seine Äpfel und ließ sich nicht fangen. Jetzt wurde er sauer. Eine tödliche Rattenfalle musste her. Er bestellte zwei im Internet. Am nächsten Tag lieferte ein Amazon Lieferwagen die Gerätschaften. Er baute sie sofort auf und bestückte sie mit extra saftigen Orangenschnitzen.

Eine Nacht konnte der Siebenschläfer offenbar widerstehen, doch am zweiten Tag war es so weit. Er saß in der Lebendfalle. Die Orangen hatte er zwar verschmäht, offenbar kannte und fraß er nur einheimisches Obst.

Stefan holte die Gartenhandschuhe aus der Garage und stellte die PET Box ihres verstorben Hundes Bello, die auf dem Dachboden eingelagert war, bereit. Dann transferierte er den Siebenschläfer in die Box, was sich als gar nicht so einfach erwies.

Er öffnete die Eingangstüren beider Boxen und stellte sie gegenüber auf. Dabei musste er darauf achten, dass der Siebenschläfer nicht entkam. Dann als eine Verbindung zwischen den beiden Behältnissen hergestellt war, weigerte sich das Tier die Falle zu verlassen. Erst durch Kippen der selbigen und dezente Schläge auf die Oberfläche konnte er ihn dazu überreden, in die PET Box zu wechseln. Stefan warf noch einen letzten Blick auf das Tier. Er wollte sich erst gar nicht an den Anblick des Kuscheltierchens gewöhnen, bevor er ihn in die ewigen Jagdgründe schickte.

Sein kulinarisches Mittagessen war gesichert. In zwei Tagen wollte seine Frau mit ihrer besten Freundin Astrid den ganzen Tag zu Wellness und Shoppen. Das wäre dann wohl der Schlachttag für Schläfi. Den Namen hatte er ihm schon mal gegeben, obwohl man eigentlich nichts essen sollte, was einen Namen hat.

Ab dann war es wenigstens ruhig im Obergeschoss.

»Hast du den Siebenschläfer gefangen?«, wollte seine Frau wissen, »Es ist so ruhig!«

»Vielleicht ist er ausgezogen. Hat wahrscheinlich die dauernde Bedrohung durch die Falle nicht mehr ausgehalten!«, vermutete er einfach mal.

»So wird es sein! Dann kannst du die ja zurück geben!«, seine Frau war schon im Halbschlaf.

»Das mache ich, Schatzi!«

Dann kam der Tag, als seine Frau sich morgens verabschiedete, um noch schöner zu werden und besser gekleidet zu sein. Kaum war sie weg, da schlich Stefan sich, bewaffnet mit einem Hammer, auf den Dachboden, um sein Mittagessen vor zu bereiten.

»So Schläfi, jetzt ist es so weit! Sprich dein letztes Gebet«, begann er die Tötungssequenz hochtrabend. Er segnete die bedauernswerte Kreatur und sah durch das Gitter der PET Box ins Innere. Da starrten ihn die großen, unschuldigen Augen des Tieres an. Besser er würde sein Werk in der Garage beenden, beschloss er spontan.

Er stieg von Dachboden hinab, ging in die Garage, stellte die PET Box auf seine Werkbank und dachte kurz nach. Er spähte noch einmal durch die Gitter der Boxentür und sah ein Tierchen mit dichtem, graubraunen Fell, einem weißen Bauch, rundlichen Ohren und großen schwarzen Augen, die ihn völlig Vorurteilsfrei anstarrten. Er umfasste den Griff des Hammers fester. Er würde es jetzt tun! Wann hatte man schon die Gelegenheit einen Siebenschläfer zu essen? Nie!, musste er feststellen.

Er öffnete die PET Box und wollte das unschuldige Tierchen greifen, aber seine Hand blieb in der Luft stehen. Jetzt reiß dich zusammen, du schaffst das, sagte er vor sich hin. Er kannte beim Auslöschen von Spinnen schließlich auch kein Pardon und Stechmücken fanden reihenweise den Tod unter seiner geschickten Hand.

Als Schläfi dann begann an seinem Finger zu nagen, war es mit seiner Kontenance vorbei. Er schloss die Box, stellte sie auf den Rücksitz seines Autos und fuhr etwa 20 Kilometer weit, bis er den Siebenschläfer im Wald bei einigen Brombeerbüschen aussetzte.

Sollte doch der Fuchs oder ein Adler oder sonst was seinen Killerjob übernehmen.

Er war doch an einem McDonalds vorbei gefahren, oder etwa nicht?

›Die Torte‹

Es war einmal `ne Frau in einer Torte,

das war nicht einer ihrer bevorzugten Orte.

Sie sah den Mord an einer andren Frau,

aber ihr Alibi war gar nicht flau.

Doch Kommissar Gottmann glaubte nicht an ihre Worte.

Es war dunkel und stickig in dem runden Pappding, das von außen wie eine 70 Zentimeter hohe Schwarzwälder Kirschtorte aussah. Es waren auf der Seite Schokostreusel aufgemalt und oben am Rand standen kleine Sahneberge mit einer Kirsche darauf, die offenbar aus Pappmaschee gefertigt waren. Sie stand auf Rollen und oben in der Mitte war ein Deckel, den man von innen öffnen konnte. So konnte die sexy Überraschung im richtigen Moment aus dem Inneren auftauchen. Rundum gab es vier kleine Gucklöcher, so dass man seine Umgebung aus der Torte heraus notdürftig beobachten konnte.

Heute übernahm Miranda Butterworth den Part der sexy Überraschung. Sie hockte in dem engen Behältnis eingepfercht und wartete ungeduldig auf ihren Auftritt. Sie trug einen roten Minirock aus Lackleder, eine transparente weiße Bluse und knallrote Stöckelschuhe. Die schwarze Perücke im Pagenschnitt unterstrich ihr verruchtes Aussehen. Sie passte farblich gut zur Schwarzwälder Kirsch Torte. Neben Miranda lagen zwei zirka 30 Zentimeter lange Konfettikanonen, die sie beim Herauskommen zünden würde. Miranda machte so etwas nicht professionell! Sie war eigentlich Chefsekretärin und für diesen Einsatz speziell vom Geburtstagskind angeheuert worden.

Die Torte mitsamt ihrer Bewohnerin war in einem Raum geparkt, der auch als Umkleide und Schminkraum diente. Die Leute vom Partyservice würde sie später in das Wohnzimmer des Geburtstagskinds Adrian schieben. Beim Verklingen von ›Happy Birthday‹ musste sie dann aus der Torte steigen und mit dem Ausruf »Alles Gute zum Geburtstag, lieber Adrian!« die beiden Konfettikanonen auslösen.

Es begann alles damit, dass eine Frau in den Raum kam. Das war so nicht geplant, da die Überraschungstorte, beziehungsweise Miranda, bis zum Hinausschieben versteckt bleiben sollte. Die Frau hatte langes blondes Haar und trug eine Art Kimono. Sie setzte sich vor den Spiegel des Schminkplatzes und begann ihr Make up auf zu frischen.

Das konnte Miranda durch ihre Gucklöcher gut sehen.

Kurz darauf öffnete sich die Tür wieder. Die Blonde drehte sich um und sagte: »Hallo, Yvonne, willst du dir auch den Lidschatten nachziehen?« So zumindest rekonstruierte Miranda später die Unterhaltung. In ihrer Torte hörte sie nur Bruchstücke des Gesprächs, beziehungsweise des Namens der Person, die in der Tür stand. Sie selbst konnte sie nicht sehen.

Dann sprang die Blonde plötzlich auf und verdeckte mit ihrem Körper die Gucklöcher.

»Was soll das? Nimm die Waffe runter!«, schrie die Blonde aufgeregt.

Dann sagte diese Yvonne etwas, das Miranda nicht verstand. Darauf die Blonde: »Wir können doch über alles reden!« In das Schweigen krachte ein Schuss. Die Blonde verschwand aus Mirandas Blickfeld. Offenbar war sie zusammen gesackt. Von der anderen Frau hörte sie nichts mehr.

Miranda saß zitternd in ihrer Torte und traute sich nicht hinaus.

Das würde sie zumindest so in etwa einer Stunde Hauptkommissar Norbert Gottmann erzählen.

Es dauerte kaum zwei Minuten, die Miranda wie eine Ewigkeit vorkamen, bis die ersten anderen Personen auftauchten. Eine helle Stimme stieß einen Schrei aus, die tiefe, sonore Stimme eines Mannes, der dann sprach, hörte sich ruhig an.

»Polizei! Ruft die Polizei! Sonja ist tot! Offenbar erschossen!«, rief dann jemand.

Miranda hielt den Moment für gekommen aus ihrer Torte zu steigen. Sie öffnete den Deckel und lugte über die Kante.

»He, wer sind Sie und was machen Sie hier?«, fragte sie ein Mann.

»Ich bin die Überraschungsfrau aus der Torte. Ich heiße Miranda Butterworth«, stotterte Miranda.

»Mörderin!« schrie wieder die helle Stimme.

»Waren Sie das mit Sonja?«, fragte die dunkle Stimme.

»Nein, meinen Sie, dann wäre ich noch hier? Ich bin nur Ohrenzeugin!«, erklärte Miranda.

»Sie bleiben bis die Polizei da ist!« Der Mann schien hier das Kommando übernommen zu haben.

Miranda kletterte aus der Torte, die beiden Konfettikanonen in der Hand, setzte sich an den Schminktisch und harrte der Dinge, die da kommen sollten.

Und sie kamen in Persona von Hauptkommissar Norbert Gottmann und Hauptkommissarin Yara Izny, sowie Dr. Stefan Brandmeister, dem Pathologen. Außerdem waren noch seine Kollegen von der Spurensicherung und etliche Polizeibeamte mit dabei. Der Raum war schließlich voller Leute.

Gottmann und Izny sahen sich als erstes den Tatort an und trafen damit auf Miranda, die den Raum immer noch nicht verlassen hatte.

Yara Izny sprach sie gleich an: »Und wer sind sie, haben sie etwas mit dem Mord zu tun?« Stefan hatte inzwischen als Todesursache einen Schuss in die Brust der Blonden festgestellt. Der immer noch anwesende Mann hatte die Tote als Sonja Wasmeier, die Frau des Geburtstagskindes Adrian Wasmeier, identifiziert.

Miranda erklärte, dass sie die Tortenüberraschung gewesen wäre und dass sie den Mord mitgehört habe. Die Mörderin hätte sie nicht gesehen, nur einen Namen wüsste sie, Yvonne oder so ähnlich. Dann schilderte sie Gottmann und Izny den Vorgang.

Gottmann fragte einen Polizisten: »Sind noch alle Gäste der Party da?«

»Ja, sie warten im Wohnzimmer!«, antwortete der.

»Dann wollen wir mal!«, sagte Izny und ging voraus.

»Ich möchte zuerst mit diesem Adrian, dem Geburtstagskind, sprechen!«, meinte Gottmann. Der war leicht zu finden, saß er doch immer noch auf dem Sofa im Wohnzimmer und mehrere Personen betreuten ihn. Adrian war ein bleicher Jüngling mit rotem Haar, der eine Brille mit breiter schwarzer Fassung trug.

»Herr Wasmeier, können wir mit Ihnen irgendwo ungestört reden?«, fragte Gottmann.

Die drei gingen ins Nebenzimmer, dem Büro von Wasmeier. Der setzte sich hinter seinen Schreibtisch und bot den beiden Polizisten die zwei Stühle davor an.

»Herr Wasmeier, haben Sie ihre Frau getötet?«, fragte Gottmann direkt. Wasmeier wurde noch blasser. Er wirkte direkt durchscheinend. Es dauerte einige Zeit, bis er die Sprache wieder fand.

»Sind sie wahnsinnig? Warum sollte ich so etwas tun?«, fragte er heiser.

»Da würden mir auf Anhieb drei oder vier mögliche Gründe einfallen«, drängte sich Isny ins Gespräch, »Kennen Sie eine Yvonne?«

»Ja, Yvonne Weininger, sie ist eine alte Freundin von mir und von Sonja«, antwortete Herr Wasmeier.

»Wie ist ihre Beziehung zu dieser Frau Weininger?«, bohrte Gottmann nach.

»Wir sind Freunde, nicht mehr und nicht weniger!«, Wasmeier schien genervt.

»Sie hat vermutlich ihre Frau getötet! Zumindest behauptet das eine Zeugin!«, sagte Izny.

»Unsinn! Warum sollte sie das machen?«, warf Wasmeier ein.

»Sagen Sie uns das!«, Gottmann ließ alles offen. Wasmeier überlegte kurz.

»Ich habe Yvonne beauftragt, sie solle nachsehen ob die Torte mit Inhalt ok sei. Der Caterer hatte nämlich schon ein paar Sachen verbockt und ich konnte meine Frau ja nicht darum bitten, weil ich davon offiziell ja nichts wissen sollte. Aber der Caterer hatte mir von der Torte im Vertrauen erzählt! Dass meine Frau auch in dem Raum war, wusste ich gar nicht!«

»Das heißt also, sie haben Yvonne in den Raum geschickt. Na dann ist ja alles klar, und peng! Ich frage Sie nochmal, welches Verhältnis sie zu dieser Yvonne haben!«, Gottmann reichte es langsam. Der Mann log doch, dass sich die Balken bogen.

»Freunde! Wir sind nur Freunde! Geht das nicht in ihren Kopf?«, Wasmeier war aufgesprungen.

»Beruhigen Sie sich wieder, wir sprechen erst mal mit dieser Dame«, sagte Gottmann, Izny ging mit Wasmeier hinaus und kam kurz darauf mit einer Rothaarigen zurück.

»Nehmen Sie Platz, Frau Weininger«, begann Gottmann, der inzwischen hinter dem Schreibtisch saß.

Yvonne setzte sich auf einen der beiden Stühle davor.

»Frau Weininger, warum haben Sie Sonja Wasmeier erschossen?«, fragte Isny.

Frau Weininger sprang entrüstet auf: »Warum sollte ich das tun? Ich war nicht mal in dem Raum!«

»Haben Sie ein Affäre mit Adrian Wasmeier?«, wollte Gottmann wissen.

»Das muss ich mir nicht länger anhören! Ich breche hiermit die Befragung ab!«, kreischte Bettina und rauschte aus dem Raum.

»Na, das war ja nicht sehr erfolgreich! Wie machen wir weiter?«, wollte Izny wissen.

»Ich würde ganz gerne mit dem Caterer reden! Ich habe da so eine Idee!« Izny sah Gottmann an, fragte aber nicht nach. Die beiden verließen den Raum und suchten die Küche. Nachdem sie durch verschiedene Gänge geirrt waren, das Haus war relativ groß, trafen sie in der Küche auf schwarz gekleidetes Catererpersonal.

»Wer ist hier der Chef?«, fragte Isny in die Menge, »Wir sind von der Polizei und haben ein paar Fragen.«

»Das bin ich, Ferdinand Koch!«, meldete sich ein etwa 1,95 Meter großer Mann mittleren Alters.

»Kennen Sie die Frau, die in der Torte war?«, fragte Gottmann.

»Nein, die hat der Auftraggeber ausgesucht. Ist wahrscheinlich eine Freundin von ihm!«, mutmaßte Koch.

»Danke!«, meinte Gottmann kurz angebunden, »Wir schauen uns den Tatort noch mal an!«

Dann standen die beiden Kommissare in dem kleinen Raum mit der Torte.

»Laut Tortenfrau hat Yvonne von der Tür aus auf die, vor der Torte stehende Ehefrau, geschossen. Dann müsste doch Blut an der Torte sein!« Gottmann bückte sich und betrachtete genau diese Seite der Torte, »Da ist aber fast kein Blut. Nehmen wir einmal an, dass die Tortenfrau geschossen hat! Dann müsste in der anderen Richtung Blut auf dem Boden sein.«

Tatsächlich befanden sich deutliche Blutspuren auf dem Boden.

»Aber wo ist die Waffe? Bei den Klamotten, die sie an hat, kann sie sie kaum am Körper verstecken«, mutmaßte Izny. Die beiden durchsuchten den Raum und die Torte noch einmal genau, fanden aber nichts.

»Mist! Ohne Waffe werden wir ihr kaum etwas nachweisen können. Wir sollten uns noch einmal mit ihr unterhalten«, sagte Gottmann.

Wenig später saßen die beiden Kommissare im Büro von Wasmeier. Miranda saß mit ihren beiden Konfettikanonen auf dem Schoß ihnen gegenüber.

»Wenn Sie nicht das Gegenteil behaupten würden, würde

ich sagen, Sie haben Frau Wasmeier erschossen. Leider konnten wir keine Waffe finden«, begann Gottmann.

»Warum sollte ich sie umbringen? Ich hatte doch nichts gegen die Frau!« Miranda wirkte relativ ruhig.

»Ja, warum? Haben Sie ein Verhältnis mit den Hausherrn?«, wollte Izny wissen.

»Ich kenne den ja nicht mal!«, behauptete Miranda.

»Aber er hat Sie ausgesucht für die Torte!«, warf Izny ein.

Mirandas Lider flatterten nervös. Dann fing sie sich wieder.

»Das war Frau Wasmeier!«, behauptete sie dann, »Kann ich dann gehen?«

»Ja, aber Sie bleiben in der Villa!« Miranda stand auf und war schon fast aus der Tür, »Halt! Warten Sie Ich möchte mir mal ihre Konfettikanonen ansehen.« Gottmann hatte eine spontane Eingebung.

Widerstrebend kam Miranda zurück und reichte sie dem Kommissar.

»Die eine ist aber schwerer als die andere!«, stellte der sofort fest. Er ruckelte am Deckel der etwa 30 Zentimeter langen Röhre. Er ging nicht ab. Dann drückte er einfach den Auslöser. Mit einem Plopp fiel der Deckel ab. Doch kein Konfetti kam aus der Röhre. Gottmann kippte sie. In seine Hand glitt eine Pistole, die nur aus einem Lauf und einem Abzug bestand. Wahrscheinlich passte auch nur eine Patrone hinein.

»Interessant! Was sagen Sie dazu?«, Gottmann sah Miranda durchdringend an.

Die hatte sich inzwischen wieder hin gesetzt und ihr Gesicht in ihren Händen vergraben. Sie schluchzte auf.

»Ich werte ihr Verhalten mal als Geständnis! Das Wie kennen wir jetzt, aber das Warum ist mir noch nicht klar!« Gottmann ließ nicht locker. Miranda schniefte leise vor sich hin.

Dann setzte sie sich aufrecht hin, wischte die Tränen aus den Augen und sagte:»Aber wir lieben uns doch, Adrian und ich. Wenn er sich scheiden ließe, würde er gar nichts vom Geld seiner Frau bekommen. Da blieb nur dieser Weg!«

»Yara, bring Frau Miranda ins Kommissariat und nimm auch den Herrn Wasmeier gleich mit. Wir müssen uns noch etwas mit ihnen unterhalten!«, Gottmann lächelte zufrieden.

›Pier-r‹

Es war einmal in einem Raumschiff viel Pier-r,
das wollten alle, glaubt es mir.
Sie tauschten ein, was das Zeug hielt,
und vergaßen dabei, wer sie normalerweise killt.
Da sagte Sepp: »Das wäre der richtige Platz für eine Kneipe
hier!«

Logbuch des leichten Kreuzers NCA 2176, Sternzeit 53:11-61:00, Erdzeit: Freitag 24.10.2560 10:34 Uhr, Eintrag ›Pier-r‹

Kaptain Sepp Oberbichler, Navigator Porgoo, Waffeningenier K`ten, Schiffsärztin B`barb und Bordingenier M`bape auf dem Rückflug vom Mond Pier-r mit einer Ladung Pier-r.

Die gesamt Crew von NCA2176 hatte die geglückte Auferstehung von B`barb und ihre vollen Kraftstofftanks gefeiert und war dann in ihre Kojen gefallen. Nur M`bape hielt im einsamen Kontrollraum Wache. Ein Roboter musste ja nicht schlafen und hatte auch kein Pier-r getrunken.

Plötzlich hörte er die 3D Ortung Alarm geben. Ein Schiff der ›M-mor#M-mor‹ war aus dem Hyperraum aufgetaucht und hielt Kurs auf die gute alte ›Margeton‹. Das war keine Aufgabe für einen Roboter.

»M`bape an Kapitän, es nähert sich ein ›M-mor#M-mor‹ Schiff, bitte kommen sie in den Kontrollraum!«, er weckte Sepp. Bis der da war, hatten die ›M-mor#M-mor‹ sie schon über den Kommunikator kontaktiert.

Es tauchte eine Echse auf dem Bildschirm auf: »Es grüßt Sie die große ›M+mit‹. Ich bin Kommander ›B+tin‹. Ich habe von Kommander ›B+men‹ erfahren, das Sie Pier-r transportieren. Wir möchten ein Tauschgeschäft mit Ihnen machen!«

Sepp kam schwer atmend in den Kontrollraum.

»Die wollen ein Geschäft mit uns machen!«, sagte M`bape zu Sepp.

»Auch wir grüßen die große ›M+mit‹. Ich bin Kapitän Sepp. Wie soll das Geschäft aussehen?«, wollte Sepp wissen.

»Wir hätten gerne 15000 ›N`ulla#N´ulla‹ Pier-r gegen zwei ›Flat#onen‹ Garbsen getauscht«, schlug der ›M-mor‹ vor.

»15000 ›N`ulla#N´ulla‹ sind etwa 1000 L`itter und zwei ›Flat#onen‹ sind etwa zwei K-meta. Aber was Garbsen sind weiß ich nicht«, stellte M`bape fest.

»Was sind Garbsen?«, wollte Sepp von der Echse wissen. Die redete daraufhin offenbar mit jemanden, der nicht im Bild war und sagte dann: »Einen Moment!«

Kurz darauf hielt der ›M-mor‹ eine kugelförmige gelbe Frucht in der Hand, die wie eine überdimensionale Erbse aussah.

»Mhhh, das sind gelbe Erbsen, die sind lecker und schlecht zu bekommen. Beim Handel damit können wir richtig absahnen«, meinte Sepp und dann zu dem ›M-mor‹, »Gut, wir schicken das Pier-r mit unserem Beiboot rüber und sie schicken es mit den Garbsen zurück!«

»Gut, damit ist das Geschäft abgeschlossen! Es grüßt Sie die große ›M+mit‹!«, sagte der Echsenmann oder Frau oder Irgendwas.

»Auch wir grüßen die große ›M+mit‹«, sagte Sepp. Damit war das Gespräch beendet.

»Hat sich scheinbar rumgesprochen, dass es hier Pier-r gibt! Belade das Beiboot und schicke es rüber! Gute Nacht!«, gab Sepp die Anweisung an M`bape und verschwand aus dem Kontrollraum.

Der Austausch verlief diesmal problemlos, nicht so wie bei den letzten ›M-mor#M-mor‹ Geschäft und M`bape ging wieder in den Ruhemodus.

Gerade hatte Sepp es sich in seiner Koje bequem gemacht, als der Alarm wieder losging. Überall blinkten rote Lichter.

»Zwei ›Brillionen‹ Schiffe im Anflug!«, teilte M`bape über die Bordsprechanlage mit.

»Sofort Schilde hochfahren und Waffen bereit machen!«, brüllte Sepp, während er in den Kontrollraum lief. Dort angekommen sah er schon einen Brillionen sein Schwabbelgesicht in die Kamera halten. Es war kein schöner Anblick!

»Wir bieten eine kurze Feuerpause an, um ein Geschäft mit Ihnen abzuschließen«, begann der Außerirdische. Man sah aber, dass die Waffen des Brillionen Schiffes offenbar auf die Margeton gerichtet waren. Scheinbar traute man dem Frieden dort auch nicht.

»Hier spricht Kapitain Sepp! Wir akzeptieren die Feuerpause! Was für ein Geschäft wollen Sie machen?,« fragte er.

Im gleichen Moment materialisierte ein ›Nn+Bartol‹ Schiff nicht weit von den beiden Brillionen Schiffen. Man sah, dass die Brillionen hastig die Schilde hochfuhren und ihre Waffen auf das ›Nn+Bartol‹ Schiff ausrichteten.

Auf dem Bildschirm erschien das schmale, blasse Gesicht eines Bartol. Auch die im Brillionenschiff hatten die Schilde hoch gefahren.

»Ich bin ›Bb+Nubis‹ und ich biete dem Brillionen Schiff und dem terrestrischen Schiff eine Feuerpause an. Wir möchten ein Geschäft abschließen«, sagte der Bartol.

Trotz des offenbar friedlichen Zusammenkommens war Sepp Schweiß gebadet. Diese ganze Sache konnte schnell eskalieren, das wusste er. Die Brillonen waren für ihr aufbrausendes Gemüt bekannt.

»Ich bin Kaptain Sepp! Wir akzeptieren die Feuerpause! Aber Sie verstehen, dass die Brillionen vor Ihnen da waren! Wir werden zuerst mit Ihnen sprechen!« Sepp wusste, dass er ein hochgefährliches Spiel spielte.

Deswegen war er mehr als erstaunt, als der Bartol meinte: »Bitte, wir warten!«

Dann ging alles relativ schnell. Die Brillionen tauschten Pier-r gegen ›Morzeln‹, was eingefrorene fischähnliche Teile von ihrem Planeten waren und die Bartol gegen ›SS+prite‹ ein bekanntes Erfrischungsgetränk.

Den ganzen Tag über kamen Schiffe von allen möglichen Planeten um Pier-r Vorräte zu bunkern. Die Tanks der Margeton leerten sich ziemlich schnell.

Beim Abendessen, es gab gegrillte ›Morzeln‹ mit Garbsengemüse, saßen alle zusammen.

»Wieso machen wir eigentlich kein richtiges Geschäft aus dem Pier-r Verkauf?«, fragte auf einmal K`ten. »Wir machen ein Bierfenster, das ist was aus dem 19ten Jahrhundert. Da kann man Pier-r über die Straße verkaufen und wir gründen zusätzlich eine Kneipe für alle. Wir erklären die Gegend hier für neutral, so dass niemand Angst haben muss!«

»Und wir nennen die Zone ›Taurus 333‹«, warf B`barb ein.

»Und du übernimmst das Kochen!« Alle lachten.

»Die Idee ist gar nicht so schlecht«, sagte Sepp nachdenklich, »Aber jetzt müssen wir erst mal zum Mond Pier-r zurück fliegen und Nachschub holen!«

Wir lassen hier alles allein?«, wollte Porgoo wissen, »Wenn die uns nicht finden, kommen sie nicht zurück.«

»Wir haben doch den mobilen Kontrollstand und die Aufbauhalle. Die stellen wir auf einen von den Felsbrocken im All und verkaufen weiter über den Tisch das Pier-r, während wir Nachschub holen. M`bape, du bleibst hier und organisierst alles!«, legte Sepp fest.

»Ich soll mich in die Kontrollstandkiste hocken? Wenn ich kein Roboter wäre, würde ich dir das übel nehmen.« M`bape lachte.

Ein Jahr später stand auf einem Meteoriten die Kneipe ›Margeton‹ mit angeschlossenem Bierfenster. Der Andrang war gleichbleibend groß. Zum Höhepunkt des Jahres, zum Ok`F-est, kamen Besuchermassen. Es spielte eine P`lass K ´abelle und es gab W`ei-wurs und P`retzl.

Die neutrale Zone hatten sie nicht ›Taurus 333‹ genannt, sondern sie hieß ›B´avaren S´auven‹ und Sepp war jeden Tag aufs neue glücklich!

Logbuch des leichten Kreuzers NCA 2176, Sternzeit 53:11-61:00, Ende Eintrag ›Pier-r‹

›Die Mülltaucher‹

Einst suchte ein Mann in einem Container Essensreste,

für ihn waren sie das Beste.

Im Müll verschwand sein Nebenbuhler,

doch er fühlte sich bedeutend cooler.

Nun feiern die Gase in ihm Feste.

»Unser Kühlschrank ist schon fast wieder leer, Ich glaube, ich muss mal wieder etwas zu essen organisieren!«, rief Vaclav aus der Küche,»Beate, hast du Lust mitzukommen?« Der gebürtige Pole, der seit einigen Semestern in Deutschland Informatik studierte, lauschte gespannt in die Wohnung. Er fuhr nervös über seinen langen braunen Zopf und strich sich dann über den Dreitagebart, der ihm etwas Verwegenes gab.

Zuerst war nichts zu hören, dann rief Beate aus dem Schlafzimmer:»Nein, musst wohl heute alleine gehen! Fühl mich nicht so recht!«

Beate und Vaclav waren jetzt seit drei Jahren zusammen. Damals hatte er auch mit dem Mülltauchen begonnen. Beate hatte nie verstanden, dass man abgelaufene Lebensmittel aus Müllcontainer von Discountern holen und essen konnte. Sie kam aus einem reichen Elternhaus und war anderes gewohnt. Auch, dass Vaclav preiswerte Second Hand Klamotten trug, fand sie doof. Inzwischen tolerierte sie aber großzügig seine Kleidung und Aktivitäten. Ganz hatte sie sich allerdings noch nicht angepasst und trug immer wieder Prada oder Gucci Klamotten aus ihrem früheren Leben. All das ging ihm wie ein Flash durch den Kopf.

»Ist ok! Dann geh` ich mal alleine los!« Vaclav schnappte sich seinen extra großen VAUDE Rucksack und seinen Schlüsselbund und verließ die Wohnung. Er sperrte sein Bambusfahrrad auf, den einzigen Luxus den er sich gönnte, und fuhr Richtung EDEKA Markt. Es war August und der Abend war noch angenehm warm.

Er wusste, dass um 22:00 Uhr kein Mensch mehr auf dem Areal hinter dem Supermarkt sein würde, um die Müllcontainer zu bewachen. Sie waren praktisch Allgemeineigentum, zumindest redete er sich das ein.

Doch er hatte sich getäuscht. Sein ehemaliger Freund Hans stand schon auf der geteerten Fläche hinter dem Gebäude des Supermarktes. Er sah ihn von weitem, da er von einem hellen Strahler vom Dach aus angeleuchtet wurde. Sie waren nur so lange Freunde gewesen, bis Vaclav ihm Beate ausspannte. Das hatte Hans ihm nie verziehen. Deshalb gab es zu Begrüßung auch nur ein Kopfnicken.

Vaclav ließ Hans den Vortritt am Müllcontainer. Er deutete das mit einer übertrieben stilisierten Verbeugung und einer ausladenden Bewegung seines rechten Armes an. Hans zuckte mit den Schultern und schob den Deckel des Containers zurück. Erfreut sahen beide, dass es Obst und Gemüse in großen Mengen gab. Da lagen in Styroporschalen abgepackte Äpfel, Bananen und Birnen, Paprika, Lauch und Broccoli in Plastiktüten und verschiedene Beerensorten in Kartonschälchen. Hans begann sofort in den aussortierten Lebensmittel zu wühlen. Um besser an eine Schale mit Heidelbeeren zu kommen, beugte er sich weit über den vorderen Rand des Containers.

Vaclav wartete geduldig. Es war ja genug für beide da. Er drehte sich um und beobachtete die Umgebung. Manchmal tauchten auch um diese Zeit Leute vom Supermarkt auf und vertrieben sie. Zuletzt hatte der Geschäftsführer mehrmals die Polizei gerufen. Mülltauchen war ja gesetzlich nicht erlaubt. Doch das erzeugte gerade den Nervenkitzel und die Aktionen machten noch mehr Spaß.

Plötzlich hörte Vaclav hinter sich ein schlurfendes und rasselndes Geräusch. Als er sich umdrehte, war Hans verschwunden.

»Hallo, Hans!«, rief er in den Container. Er war ratlos. Alles sah aus wie wenige Minuten zuvor. Die Packungen im Container schienen nicht angerührt. Nichts deutete darauf hin, wohin Hans verschwunden war.

»Hans! Hans, wo bist du?«, rief er nochmals. Er lauschte in die abendliche Stille. Nichts war zu hören bis auf das undeutliche, entfernte Gemurmel einer Stimme.

Wo war nur dieser verflixte Hans? Obwohl sie nicht mehr die besten Freunde waren machte er sich doch Sorgen.

Plötzlich klingelte Vaclavs Smartphone. Er zuckte zusammen. Hätte er doch darauf wetten können, dass er es auf Vibrieren geschaltet hatte. Schnell zog er es aus der Hosentasche und ging ran.

»Vaclav, hilf mir!«, hörte er die völlig verängstigte Stimme von Hans.

»Wo bist du?«, fragte Vaclav erstaunt, aber auch verunsichert.

»Der Container hat mich verschluckt! Aber was noch viel schlimmer ist, hier ist noch jemand und der ist tot! Außerdem sieht er nicht besonders gut aus und riecht auch entsprechend. Wenn ich nicht Medizin studieren würde, würde ich die ganze Zeit nur schreien und kotzen, glaub mir!« Hans wirkte für seine seltsame Lage relativ gefasst.

»Was soll ich tun?«, Vaclav war total überfordert. Wo war sein ehemaliger Freund nur hin geraten?

»Ich bin mir ziemlich sicher, dass ich noch im Container bin. Irgendwie musst du auch rein gelangen. Such nach irgendeinem Bedienelement oder so was.«

»Ok!«, sagte Vaclav und begann den Container zu umkreisen. Er drückte da, zog dort, krabbelte sogar halb unter den Container, aber er konnte nichts finden.

Er wählte die Nummer von Hans: »Ich kann nichts finden! Es ist wie verhext!«

»Dann braucht man wahrscheinlich eine Fernbedienung oder so was«, vermutete Hans.

»Woher nehmen, wenn nicht stehlen?« Vaclav war frustriert. Hilfesuchend sah er sich um. Wenn man mal jemanden brauchte, war natürlich keiner da.

»Ich mache meine Headlamp noch mal an und suche hier drinnen! Vielleicht kann man das Ding ja von innen öffnen!«, sagte Hans. Dann war Stille. Er hatte aufgelegt.

Vaclav stand vor dem Container und wartete, was nicht ungefährlich war. Je länger er hier verweilte, um so höher wurde die Wahrscheinlichkeit, dass man ihn entdeckte und ihm die Polizei auf den Hals hetzte. Andererseits wäre er froh gewesen, Hilfe zu bekommen! Es war eine schizophrene Lage! Aber es war nicht strafbar, vor einem Müllcontainer zu stehen. Gott sei Dank, lebte er in einem Land, wo man das noch konnte.

Dann klingelte sein Telefon wieder. Hans war dran. Seine Stimme klang verängstigt und war eigentlich nur ein Flüstern. »Es ist zu abgefahren. Ich glaube, ich bin doch nicht im Container. Nachdem ich den Toten gesehen habe, habe ich mein Licht ausgemacht und auf die Rettung durch dich vertraut. Gerade habe ich mich aber trotzdem noch mal genauer umgesehen. Der Raum hier ist viel zu hoch und groß, um in einen Container zu passen. Die Wände sind einfach glatt! Keine Tür, nichts. Das war`s wohl! Grüß unsere Freunde und vor allem Beate von mir! Trinkt was auf mein Wohl« Die letzten Worte waren so leise, dass sie Vaclav kaum verstand.

»Wir geben jetzt doch nicht auf!«, keuchte Vaclav in den Hörer und versuchte Hans zu motivieren. Aber es kam keine Antwort. Nur ein Röcheln war zu hören.

Orten! Er musste das Handy von Hans orten! Auf seinem Rechner daheim hatte er eine entsprechende Software. Das war zwar nicht erlaubt, aber das hier war ein Notfall.

Er rief Beate an: »Beate, ich habe jetzt keine Zeit für Smalltalk und Erklärungen. Geh an meinen Laptop und ruf Handyortung auf! Los,los!«,

»Aber was soll das….«, setzte Beate an.

»Kein Gequatsche jetzt!«, unterbrach sie sofort Vaclav. Dann hörte sie eine Tastatur klappern.

»Nummer?«, fragte sie kurz. Er war überrascht. Entweder war sie beleidigt oder sie hatte den Ernst der Lage erkannt.

»Von deinem Ex Hans!« Vaclav hatte keine Lust zu längeren Erklärungen. Offenbar wusste Beate die Nummer noch auswendig, denn sie fragte nicht nach.

»Da, ich habe ihn!«, rief Beate wenig später triumphierend.

»Wo ist er oder sein Handy?«, wollte Vaclav wissen.

»Wo man um diese Zeit so ist. Bei sich zu Hause.« Beate verstand die Welt nicht mehr. Dann hörte Vaclav Stimmen hinter sich.

»Zieh! Nimm du das rechte Bein!«, hörte er, »Er ist bewusstlos! Wahrscheinlich von den Verwesungsgasen, Ammoniak und Kohlendioxid! Zieh!«, zwei Sanitäter machten sich an Vaclav zu schaffen. Mit vereinten Kräften schafften sie es, Vaclav aus dem Container zu bergen und auf den Boden zu legen.

»Sauerstoff! Schnell! Das war knapp. Er hatte Glück, dass ihn ein Angestellter des Supermarktes gefunden hat«, sagte einer der Sanitäter. Der andere drückte Vaclav eine Atemmaske auf Mund und Nase. Langsam wurden die Atemzuge von ihm wieder tiefer und regelmäßiger.

»Er kommt zu sich!«, sagte der Sani erleichtert, »Wir packen ihn ein und fahren ihn ins Krankenhaus.«

»Hans, Sie müssen ihn retten!«, sagte Vaclav schwach.

»Wen meinen Sie? Hier ist außer Ihnen niemand«, sagte der Sanitäter zu Vaclav und dann leise zu seinem Kollegen, »Er halluziniert, dreh die Flasche ruhig etwas auf!«

›Die Litfaßsäule‹

Einst lebte in Nürnberg eine Menschenretterin,

sie hieß Pia und nicht Lin.

Doch dann sattelte sie um,

sie war ja nicht dumm.

Und wurde zur gesuchten Diebin.

Schwer atmend drückte sich Pia gegen den kalten Beton der Außenwand. Das lange, blonde Haar fiel wirr um ihr schmales Gesicht mit den auffällig rot geschminkten Lippen.

Sie trug noch immer ihr Business Outfit bestehend aus dem schmalen, schwarzen Rock und der weißen Bluse. Ihre High Heels hatte sie schon im Geschäft gegen Sneekers getauscht. Eigentlich kotzte sie das alles an. In ihrem Job als Sekretärin bei der Walliser Bank würde sie nie auf einen grünen Zweig kommen. Gut, sie hatte es schon zur Chefsekretärin geschafft, aber das Geld reichte hinten und vorne nicht. Vielleicht sollte sie ja auch ihren Lebensstil ändern, aber Reisen war nun mal ihr Hobby und sie liebte den Luxus sich in den Hotels verwöhnen zu lassen.

Das alles ging ihr in ihrem Versteck, der Litfaßsäule in der Mitte des Benedikten Platzes, durch den Kopf. Es herrschte darin Dämmerlicht, das von den Lufteinlässen am oberen Ende der Säule kam. Im letzten Moment hatte sie noch den Eingang entdeckt, als sie sich gegen die Säule drückte und dringend nach einem Versteck vor ihren Verfolgern suchte. Der geheime Eingang befand sich unter alten Plakaten und abgerissenem Papier. Jetzt hörte sie ihre Verfolger draußen vorbei trampeln. Sie riefen sich Unverständliches zu.

Dann entfernten sich die Stimmen wieder. Das war knapp gewesen!

Sie musste sofort Hauptkommissar Gottmann anrufen. Er war der Einzige, der ihr in dieser bedrohlichen Situation helfen konnte. Mit den Toten hatte sie nichts zu tun! Als sie nach Hause kam, hatte sie sie gefunden. Sie lagen in der Küche am Boden und starrten mit leeren Augen gegen die Decke. Sie hatte beide noch nie gesehen.

Auf jeden Fall war es ein Pärchen. Sie schätzte sie Mitte dreißig. Er trug einen Anzug, weißes Hemd und eine bunt gemusterte Krawatte, sie ein geblümtes Sommerkleid. Beide hatten pechschwarzes Haar. Beim Mann war es akkurat kurz geschnitten, bei der Frau zu einem schulterlangen Zopf geflochten. Zu ihrem Schrecken stellte sie fest, dass der Mann eine Pistole in der Hand hielt. Sie konnte jedoch keine Einschusslöcher bei den Toten erkennen.

Was wollten die beiden in ihrem Haus? Länger konnte sie nicht darüber nachdenken, denn sie hörte Sirenen und dann fuhren mit quietschenden Reifen Autos in ihre Hauseinfahrt.

Panisch rannte sie durch die Terrassentür in den Garten.

So zumindest würde sie ihre Geschichte darstellen, falls man sie fassen würde.

»Da läuft jemand! Hinterher!«, rief ein Polizist. Die Verfolgungsjagd war eröffnet. Aber sie war gut trainiert. Das regelmäßige Joggen machte sich jetzt bezahlt. Der Abstand zwischen ihr und ihren Verfolgern wurde immer größer. Dann sah sie die Litfaßsäule und konnte sie in letzter Sekunde als Zuflucht nutzen.

Mit klopfendem Herzen kauerte sie in ihrem Versteck.

Wahrscheinlich war es ein Fehler gewesen wegzurennen.

Sie hätte den Polizisten eine Geschichte erzählen sollen! Wer hätte ihr dann etwas vorwerfen können?

Sie fröstelte, es war kalt in dem runden Raum. Sie nahm ihren ganzen Mut zusammen und wählte die Nummer von Gottmann.

»Gottmann!«, meldete der sich gehetzt, offenbar war er im Stress.

»Pia Stresemann!«, Pia wollte weiterreden, aber der Hauptkommissar unterbrach sie sofort.

»Pia! Wo bist du? Was ist passiert? Warst du das mit den beiden Toten in deinem Haus?«, Gottmann schien wirklich alarmiert.

»Nein, ich war das nicht! Ich kannte die Toten nicht einmal. Sie lagen da einfach so auf dem Küchenboden!«, verteidigte sich Pia.

Sie erinnerte sich an ihre erste Begegnung mit Gottmann. Zufällig war sie in eine Schießerei geraten, die Gottmann und seine Partnerin Hauptkommissarin Yara Izny im Stadtpark mit einem flüchtenden Verbrecher hatten. Ihr Weg von der Bank nach Hause führte dort entlang. Yara war damals getroffen worden und blutete ziemlich stark aus einer Wunde am Bein.

Gottmann stand unschlüssig da. Sollte er seiner Partnerin Erste Hilfe leisten oder den Schützen verfolgen?

»Laufen Sie, ich versorge die Frau!«, hatte Pia spontan zu ihm gesagt, aus ihrer Jacke einen Druckverband gebastelt und dann die Sanitäter verständigt.

Im Krankenhaus traf sie Gottmann wieder.

»Haben Sie den bösen Buben erwischt?«, fragte sie ihn. Gottmann ging nicht darauf ein.

»Ja, ich weiß gar nicht, wie ich Ihnen danken soll! Der Doc hat gesagt, Sie haben Yara gerettet!«, sagte er nur und streckte ihr die Hand hin.

»So schlimm war es auch nicht! Ein glatter Durchschuss!«, sagte Pia bescheiden.

Seit damals waren sie freundschaftlich verbunden. Gottmanns Stimme holte sie in die Gegenwart zurück.

»Du musst dich stellen! Auch wenn du nichts mit den Toten zu tun hast!«, hörte sie Gottmanns eindringlich sagen.

»Nein, ich komme nicht aus meinem Versteck, bis du den Fall gelöst hast.« Pia war sich da ganz sicher. Dann legte sie auf und schaltete ihr Telefon aus. Sie hatte keine Lust darauf, geortet zu werden. Gottmann am anderen Ende der Leitung sah Yara an.

»Wir müssen Pia helfen und die Sache aufklären. Die arme Frau! Hockt wahrscheinlich in einem dunklen Keller und friert. Wir müssen ihr Handy orten!«, Gottmann war Polizist mit Leib und Seele.

Wenig später kam Dr. Brandmeister, der Pathologe, in das Büro der SOKO Gewaltverbrechen. Gottmann sah von seinem Schreibtisch auf. Brandmeister wirkte, als würde er jeden Moment platzen.

»Ich kenne jetzt die Todesursache des Pärchens!«, rief er in den Raum, »Sie sind vergiftet worden! Und ratet mal womit!«

»Blauer Eisenhut!«, sagte Yara beiläufig. Das kannte sie aus den alten Krimis, die sie sich jeden Abend reinzog.

»Ins Schwarze getroffen! War aber auch nicht schwer! Für jeden Gartenfreund einfach zu züchten. Das Gift ist aus der Wurzel leicht herzustellen. Wenn ihr mir eine Pflanze bringt, kann ich feststellen, ob das Gift von ihr ist. Auch Eisenhüte haben eine DNA!«, Brandmeister lachte sein raues Lachen und verschwand.

»Yara! Du und Maja, ihr fahrt zu Pias Haus und sucht dort im Garten nach Blauem Eisenhut! Hast du übrigens das Telefon orten können?«, fragte Gottmann.

»Ist ausgeschaltet!«, antwortete Yara, »Unsere Pia ist nicht doof. Aber warum sollen wir bei ihr nach der Giftpflanze suchen.«

»Das liegt doch nahe! Hallo, zwei Tote auf ihrem Küchenboden! Wer ist da verdächtig? Pia hin, Pia her, wir sollten alle Spuren verfolgen!«, antwortete Gottmann.

Kommissar Denis Holper von Gottmanns Team verkündete plötzlich lautstark: »Unsere beiden Toten sind keine unbeschriebenen Blätter. Es handelt sich um Berthold Hubmeier und Denise Sperber. Deren Fingerabdrücke sind in unserer Datei, hauptsächlich Einbrüche und Diebstahl. Scheinen immer zusammen gearbeitet zu haben.«

»Haben sich die selber vergiftet oder was?«, Gottmann war genervt. Dieser Holper kam wieder mal zu besserwisserisch daher.

»Da war doch gestern der Überfall auf den Juwelier Brunner in der Altstadt. Aber das waren drei Leute, soweit ich mich erinnere«, fügte Holper hinzu.

»Halt, aber das würde doch passen! Geh mal zu den Kollegen vom Raub und lass dir erzählen, was die schon über den Überfall wissen!« Gottmann machte Holper eine klare Ansage. Der verschwand durch die Tür, aber nicht ohne salutiert zu haben. Gottmann grinste.

Dann klingelte sein Telefon, er hob ab.

»Hier ist Pia, wisst ihr schon was?«, fragte sie schnell.

»Nein, aber wo bist du, sags mi...« Aber da hatte Pia schon aufgelegt. Bestimmt war ihr Handy jetzt wieder aus. Clever, das musste der Hauptkommissar zugeben.

Dann klingelte sein Telefon schon wieder. Yara war dran.

»Das war gar nicht so einfach. In Pias Garten und Haus haben wir nichts gefunden. Da waren sowieso fast keine Blumen. Pia scheint ein Gemüsefan zu sein. Kohlrabi, Salat, Radieschen, lauter so gesundes Zeug weit und breit! Aber dann kam Maja auf die geniale Idee in den Nachbargärten nachzuschauen. Gleich im ersten Garten beim Ehepaar Hubmeier wurden wir fündig. Wir haben einfach geklingelt und gefragte, ob sie Blauen Eisenhut im Garten hätten. Frau Hubmeier wusste, dass der giftig ist, baute ihn aber an, weil sie die blauen Blüten so liebte. Sie führte uns zu einer Rabatte, aber alle Pflanzen waren weg. Wir fanden dann die verwelkten Pflanzenreste im Kompost. Die Wurzeln fehlten!«

»Na das ist ja eindeutig. Wir müssen diese Pia finden!« Gottmann wurde nervös. Ein unglaublicher Verdacht tat sich auf.

In diesem Moment kam Holper in den Raum.

»Neuigkeiten! Die von Raub haben vermutet, dass die beiden Toten an dem Überfall beim Juwelier beteiligt waren. Am Tag danach haben sie ihr Handys geortet. Die Spur hat sie zu Pias Haus geführt. Zu ihrer Überraschung ist die geflüchtet. Sie wollten sie nur vernehmen, haben sie verfolgt und verloren.«

»Aha, wo haben sie sie verloren?«, wollte Gottmann wissen.

»Am Benedikten Platz!«, sagte Holper.

»Dann lass uns da mal hinfahren und die Lage sondieren.

Alle kommen mit!« Gottmann nahm seine Jacke.

Wenig später stand die gesamte SOKO Gewaltverbrechen mitten auf dem Benedikten Platz neben der Litfaßsäule und sah sich um.

»Ihr schwärmt jetzt aus und sucht nach möglichen Verstecken, aber nur hier auf dem Platz. Ich bin die Anlaufstelle hier bei der Säule!«, legte Gottmann fest. Alle eilten davon.

Gottmann schlenderte um die Litfaßsäule und las die Anzeigen und Veranstaltungshinweise. Hin und wieder sah er nach seinen Leuten. Aber keiner kam zu ihm mit einer Vollzugsmeldung zurück.

Die Zeit verging, Gottmann wurde langweilig. Er fieselte das Eck eines Plakats von der Säule, bremste sich aber dann wieder ein. War das Sachbeschädigung? Er sollte vorsichtig sein. Da fiel ihm ein Spalt im Plakat auf. Das sah wie eine Tür aus! Gottmann suchte aufgeregt nach einem Griff. Er tastete alles ab. Tatsächlich fand er ihn. Er war flach und verschwand fast in der Papphülle.

Mit äußerster Vorsichtig zog er daran und tatsächlich sprang die Tür auf. Er lugte vorsichtig in den dämmrigen Innenraum. Nachdem sich seine Augen an das Licht gewöhnt hatten, sah er sie. Pia saß zusammengekauert am Boden die Arme um die Beine geschlungen.

»Pia!«, Gottmann war fassungslos.

»Norbert! Wie hast du mich gefunden?« Pia war bass erstaunt.

»Da war Kommissar Zufall am Werk!«, grinste er. »Aber jetzt komm erst mal mit! Wir haben da ein paar Fragen an dich!«, Gottmann zog Pia hoch und sie verließen die Litfaßsäule.

Wenig später saßen Gottmann und Pia im Vernehmungsraum 1 im Präsidium.

»Ich sage dir jetzt, was passiert ist und du kannst nur mit Ja oder Nein antworten. Ihr habt zu dritt den Juwelier Brunner in der Altstadt überfallen. Du wolltest nicht teilen und hast deine zwei Komplizen ermordet und hast wegen deiner guten Beziehung zu uns spekuliert, dass wir dich nicht verdächtigen würden. Aber wir sind nicht doof! Warum hast du das alles gemacht?« Gottmann beendete seine Anschuldigungen und sah Pia enttäuscht an.

Pia dachte kurz nach. Irgendwie tat ihr Gottmann leid. Er hatte sie für eine Gute gehalten. Schweren Herzens gab sie ein Statement ab: »Es ist alles so gemein. Bei meinem blöden Job gehe ich ein wie eine Primel. Deswegen gönne ich mir Reisen und dabei etwas Luxus. Das kostet. Und an meinem altes Haus, du weißt, das habe ich von meiner Mutter geerbt, nagt auch die Zeit. Dann habe ich zufällig Berthold und Denis kennengelernt. Schließlich kam eins zum anderen und wir haben den Juwelier ausgeraubt. Aber ich hab nur Schmiere gestanden!«

»Wie kam es dann zu der Vergiftung?«, wollte Gottmann wissen.

»Ich wollte von Anfang an den Gewinn aus dem Überfall nicht teilen, habe mir das Gift besorgt, beziehungsweise selber gekocht. Ich hab ein Konzentrat davon in den Sekt geschüttet, als meine Komplizen zu mir kamen, um das Geld, das sie von ihrem Hehler für den geraubten Schmuck bekommen hatten, mit mir zu teilen.« Pia wirkte nicht sonderlich schuldbewusst.

»Raub und Doppelmord? Und ich dachte immer, du wärst eine von den Guten! Wie kann man sich so täuschen? Wo bist du nur falsch abgebogen?«, Gottmann verließ tief enttäuscht den Raum, ohne Pia noch einmal an zu sehen.

»Aber ich wollte doch auch nur ein Stück vom Kuchen...«, murmelte Pia vor sich hin.

›Der gläserne Sarg‹

Einst wurde eine Prinzessin verflucht,

dann wurde sie vom Ritter Lanzelot besucht.

Doch der war nicht von untadeligem Wesen,

und er wollte die Prophezeiung nicht lesen.

Außerdem hatten sie den Trip zu spät gebucht.

Der dickliche Ritter Lanzelot von Pechstein saß mit seinem drahtigen Knappen Bernfried vor der Taverne ›Zum gläsernen Sarg‹ und ließ sich einen Humpen Bier und eine Hasenkeule schmecken. Das von Alkohol gerötete Gesicht des Ritters glänzte speckig, Die schwarze Mähne des Knappen war verfilzt und bestimmt auch verlaust.

Aber der Knappe hatte eine außergewöhnlich gute Beziehung zu seinem Ritter und sie gingen gemeinsam durch dick und dünn. Erst vor kurzem hatten sie das Schwert ›Mechthild‹ einem schreckenerregenden Drachen nach gemeinsamen Kampf entrissen.

»Jetzt, da ich ›Mechthild‹ habe, können wir die Rettung von Stachelgunde angehen. Mit ihm sind wir unbesiegbar!«, sagte Lanzelot zu Bernfried zwischen zwei Bissen, »Wenn du mit dem Essen fertig bist, kümmere dich um die Pferde. Morgen reiten wir hinauf zur Burg!«

»Wirt, komme Er zu mir!«, rief der Ritter einem dicken Rotwangigen zu, der geflissentlich heraneilte, »Erzähle Er mir noch einmal die Geschichte der Burg und von Prinzessin Stachelgunde!«

Wie so häufig erzählte der Wirt von der unsagbaren Schönheit von Stachelgunde und der eifersüchtigen Magierin Merline, die aus Neid der schöne Stachelgunde den Fluch eines 100 jährigen Schlafs auferlegt hatte. Sie lag in einem gläsernen Sarg und alle Menschen und Tiere auf der Burg schliefen ebenfalls. Nur durch einen Mann mit untadeligem Wesen konnte sie gerettet werden, der ihr einen Kuss auf den Mund gab. Dann würde sie und die restliche Burg erwachen und sie ihren Retter zum Mann nehmen.

Die unermesslichen Schätze ihres Vaters würde dieser zusätzlich kriegen.

»Das klingt doch mal gut! Ich werde das Unmögliche morgen möglich machen«, sagte Ritter Lanzelot von Pechstein und bestellte noch einen Humpen Bier.

Am nächsten Morgen saß Lanzelot auf dem schwarzen Wallach ›Rotemund‹ und Bernfried auf dem schwarz gepunkteten Schimmel ›Bernhilde‹. Da keine größeren Kämpfe zu erwarten waren, hatte Lanzelot nur seinen leichten Harnisch an und an seiner Seite hing das Schwert ›Mechthild‹. Bernfried trug sein wollenes braunes Gewand und die Fahne Derer von Pechstein, die einen Adler und einen Löwen zeigte.

Sie standen am Fuß eines etwas größeren Hügels auf dem die Burg von Stachelgunde stand. Sie gehörte zum Geschlecht Derer von Bromberg. Darum war die Burgmauer und die Burg über und über mit Brombeersträuchern überwuchert. Man konnte nur noch die obersten Zinnen des Bergfrieds erkennen.

Es war ein sonniger Oktobertag, aber es blies ein kalter Ostwind.

»Dann wollen wir mal die Prinzessin erlösen!«, sagte der Ritter entschlossen und trieb ›Rotemund‹ den schmalen Pfad nach oben. Der Weg war in den langen Jahren, in denen er nicht benutzt worden war, ziemlich zugewuchert.

Die Brombeerdornen glitten zwar an der ledernen Hose von Lanzelot ab, aber die Pferde und Bernfried litten unter den nadelspitzen Einstichen. Aus unzähligen kleinen Wunden blutend kämpften sie sich nach oben. Schließlich zog Lanzelot ›Mechthild‹ aus der Scheide und versuchte die Brombeerranken abzuschlagen. Doch es gelang ihm nicht. Die scharfen Schneiden des Schwertes versagten aus unerfindlichen Gründen.

»So ein Mist!«, murmelte Lanzelot. Heldenhaft kämpften sie sich durch das Gebüsch. Nach zwei endlosen Stunden erreichten sie das völlig zugewucherte Burgtor. Lanzelot stieg vom Pferd und hieb auf die Brombeeren ein. Doch kein Ästchen wurde gekrümmt, kein Blättchen fiel ab. Er geriet immer mehr in Rage und drosch hemmungslos auf das Gestrüpp ein. Mit einem wütenden Aufschrei warf er schließlich ›Mechthild‹ in die Äste und fluchte gotteslästerlich.

»So solltet ihr nicht sprechen, Lanzelot!«, versuchte Bernfried seinen Herren einzubremsen.

»Hol das Schwert, Elender! Was wagst du es mich zu maßregeln!« Lanzelot hatte sich noch nicht beruhigt.

Bernfried angelte zwischen den dornigen Ästen mit seiner Lanze nach dem Schwert. Endlich bekam er es zu fassen. Dabei durchtrennte die Klinge einige Äste so leicht wie Butter. Das stachelte ihn an. Er schlug mit dem Schwert weiter auf die Hecke ein. Die abgetrennten Äste flogen durch die Luft, dass es eine Freude war.

»Was machst du da? Kannst du jetzt zaubern? Hast du einen Pakt mit dem Teufel geschlossen?« brüllte Lanzelot aufgeregt, riss Bernfried das Schwert aus der Hand und schlug selber auf die Brombeeren ein. Doch bei ihm prallte die Klinge ab, ohne etwas zu bewirken.

»Gut, dann mach du das! Aber ich komme noch hinter deinen Trick! Das kannst du mir glauben, elender, stinkender Knappe!« Lanzelot sah Bernfried misstrauisch an.

Frohgemut schlug Bernfried mit Leichtigkeit eine Schneise in das Gestrüpp. Ungehindert erreichten sie den Innenhof der Burg. Dieser war Brombeerfrei. Das Wohngebäude und der Bergfried aus grauen Wackersteinen ragten in die Höhe. Alles umgab die Burgmauer.

Überall sah man zusammengesunkene Leinenbündel auf dem Boden. Es waren offenbar die Bediensteten des Königs, die lagen, wo sie im Moment des Fluchs gearbeitet hatten. Lanzelot wurde misstrauisch, als er eine knochige Hand aus einem der Bündel ragen sah. An der Wand des Wohnhauses saß offenbar ein Knappe wie er. Ihm grinste ein Schädel unter seiner Kappe entgegen. Anscheinend waren alle tot.

»Ich glaube, da stimmt was nicht! Die müssten eigentlich taufrisch wie am ersten Tag sein, nur schlafend!«, Bernfried war misstrauisch geworden. Er drehte ein Leinenbündel um. Wieder sah er nur ein Gerippe.

»Lass uns nachsehen, was mit der Prinzessin ist! Sie soll angeblich im Burgfried in einem gläsernen Sarg liegen«, schlug Lanzelot verunsichert vor. Das Abenteuer lief nicht nach seinem Plan ab. Die beiden stiegen die Treppe im Turm hoch und erreichten schwer atmend die Tür des Turmzimmers. Sie war aus schweren Holzbohlen gezimmert und hatte ein abschreckendes Schloss.

Lanzelot drückte die Klinke, doch die Tür war verschlossen und sie hatten keinen Schlüssel.

»Gibt`s da irgendeinen Zauberspruch?«, fragte Lanzelot.

»Ich glaube, da hilft nur pure Gewalt«, vermutete Bernfried.

Lanzelot zog seine ›Mechthild‹ und schlug mit aller Gewalt auf die Tür ein, aber außer einem Kratzer im Holz brachte er nichts zu Stande.

»Versuchs du, elender, stinkender Knappe!« meinte er zähneknirschend. Man merkte, dass der Ritter ganz schön angefressen war.

Bernfried holte einmal mit dem Schwert aus, traf die Holzplanken der Tür und zerschmetterte sie.

»Ich kriege noch raus, wie du das machst! Wir reden heute Abend!« Lanzelot war jetzt aber ganz auf die Prinzessin fixiert. Sie traten in einen runden Raum, der leer war bis auf den gläsernen Sarg mit der Prinzessin in einem weißen Kleid darinnen. Er stand in der Nähe des Fensters, auf hölzernen Böcken. Oben an der Decke waren die Sparren des Daches zu sehen.

Am Stützbalken des Daches in der Raummitte war ein Pergament mit einem Messer fixiert. Bernfried las sich den Text durch, der darauf stand, während sein Herr bereits vor dem gläsernen Sag stand.

»Ein Skelett, ein Totenschädel! Von wegen schönste Prinzessin der Welt! Das ist alles Lug und Trug!« jammerte Lanzelot.

Bernfried trat auch an den Sarg.

»Jetzt weiß ich auch, warum du das Gebüsch nicht zerschlagen konntest« , rief er, drehte sich um und las die Inschrift auf dem Pergament vor: »Nur durch einen Mann mit untadeligem Wesen kann die Prinzessin gerettet werden, wenn er ihr einen Kuss auf den Mund gibt.« dann fuhr Bernfried fort, » Und du wirst von dir wohl nicht behaupten wollen, dass du ein untadeliges Leben geführt hast. Du hast rumgehurt und rumgesoffen, dass es eine Freude ist. Während ich mir nichts zu Schulden kommen ließ« Er schaute triumphierend Lanzelot an.

»Hundsfott, elender! Aber das nutzt dir bei dem Prinzessinnen Skelett auch nichts mehr! Hättest du lieber gehurt und gesoffen!«, sagte Lanzelot fast spöttisch.

Aber Bernfried hörte schon gar nicht mehr zu. Man sah, dass er angestrengt nachdachte. Dann schien er die entscheidende Idee zu haben.

»Ich weiß jetzt auch, warum wir nur Knochen finden«, sagte er dann.

»Unseeliger, lass mich an deinem Wissen teilhaben!«, forderte Lanzelot.

»Dieses Pamphlet ist vom 23. Oktober 1523. Heute ist der 24.Oktober 1623. Die 100 Jahre des Fluchs sind vorbei, um einen Tag. Anscheinend werden alle nach dem Ende des Fluchs zu Skeletten. Blöd gelaufen!« Bernfried schien eine gewisse Schadenfreude zu verspüren.

Vielleicht sollte er versuchsweise den Schädel der Prinzessin küssen? Man konnte ja nie wissen, ob man sich hundertprozentig auf einen hundertjährigen Fluch verlassen konnte.

›Das Selbstexperiment‹

Wie mehrere Zeitschriften und Zeitungen berichtet haben, hat der bekannte und mehrfach prämierte Philosoph Ekkehardt von Wurmstein ein Selbstexperiment durchgeführt.

Er hat in einem drei mal drei Meter großen Plexiglaskasten, der auf einem sieben Meter hohen Pfahl befestigt war und auf dem Marktplatz seiner Heimatstadt Rhauderfehn, dem Epizentrum des Pfahlsitzens, dreißig Tage verbracht und nur Wasser und Brot verspeist.

Ziel war es nach diesem, Bewusstsein veränderndem, Erlebnis das erste Gedicht seiner neuen Gedichtsammlung ›Der Pfahl‹ zu verfassen.

Uns ist es jetzt gelungen als Erste dieses neue Werk des Künstlers zu veröffentlichen.

Hier das Gedicht und ein erster Interpretationsversuch:

›Pfahl‹

Pfahl, o Pfahl,

es ist wie das erste Mal.

Tief im Schlamm bist du vergraben,

jeder will dein schlankes Holz haben!

Der Teer tropft von deinen Seiten,

dein Geruch wird uns leiten.

Warum sitz` ich auf dir?

Neben mir noch deren vier.

Pfahl, o Pfahl,

jetzt schon das zweite Mal.

In die Lüfte ragst du hoch,

Nie ein Vogel über dich floch.

Warum trägst du mich?

Manche sagen: »Du hast einen Stich!«

Pfahl, o Pfahl,

vielleicht zum letzten Mal.

Zuerst fällt auf, dass er in wenigen Zeilen eine ganze Geschichte erzählt. Vom ersten bis zum letzten Mal heißt es dort.

Ekkehardt von Wurmstein bezieht es auf den Pfahl. Ist das der Pfahl, an dem schon die Indianer marterten oder ist es der Pfahl im Auge des anderen, den schon Jesus vor Jahrtausenden erwähnte. Oder ist es gar der Pfahl, den manche im Arsch stecken haben? Es ist jedem selbst überlassen, das herauszubekommen.

Wir erfahren, dass er tief im Schlamm vergraben ist und hoch in die Lüfte ragt. Diese Art der Unendlichkeit hat schon Ulrich Bergmeier in seinem Jahrhundertgedicht ›Von Anfang bis Ende‹ beschrieben. Hat Ekkehardt von Wurmstein dort Anleihen genommen oder kam ihm der Gedanke in dem Monat in seinem Plexiglasgefängnis?

Dann der außergewöhnliche Reim von ›floch‹ und ›hoch‹. Was steckt hinter dem ›floch‹? Ist es ein Anflug von Irrsinn, das den Dichter dazu brachte oder will er uns durch diese Wortschöpfung nur zusätzlich unterhalten?

Das setzt sich fort in ›mich‹ und ›Stich‹. Damit setzt er an zum fulminanten Ende. Das überraschend ist und doch so klar strukturiert.

Auf jeden Fall macht dieses Werk neugierig auf mehr.

Das nächste Projekt von Ekkehardt von Wurmstein ist ein zweimonatiger Aufenthalt in einer stockdunklen Höhle.

Wir dürfen gespannt sein, mit welchen Gedichten er uns dann überraschen wird. Vielleicht ist es eine Fortsetzung von ›Pfahl‹. Aber der Künstler hat schon angedeutet, dass er an ›Höhle‹ arbeitet.

Wir freuen uns jedenfalls schon!

›Der Beichtstuhl‹

Ein Pfarrer wartet in einem Beichtstuhl,

was da komme aus dem Sündenpfuhl.

Doch ein Mord kommt zur Sprache,

er kann sie kaum glauben, die Sache.

Doch am Ende findet er es nicht mehr cool.

Die schlanke Frau in dunklem Hosenanzug und mit einem neckischen Hütchen auf den Locken, trat gegen 14:00 Uhr in die Kirche Mater Maria. Sie war ein Neubau aus den 70ern Jahren und sehr puristisch gehalten. Das einzig, das sofort ins Auge sprang, waren die hohen Mosaikfenster hinter dem Altar, die erstaunlich bunt daherkamen und einen Kontrast zu den schmucklosen weißen Außenmauern bildeten.

Auffällig an der Kirchgängerin war die große Handtasche, die sie wie eine Einkaufstasche in der linken Hand trug. Die Frau sah sich um und steuerte dann zielgerichtet auf die drei Beichtstühle zu, die sich an der Wand auf der rechten Seite befanden. Sie waren aus hellem Holz gefertigt und hatten kleine Glaseinsätze in den Türen, durch die man erkennen konnte, ober der Beichtstuhl besetzt war oder nicht.

Auf den Kreppsohlen ihrer Sneaker bewegte sich die Gläubige fast lautlos in dem Gotteshaus. Sie verharrte vor den Beichtstühlen, las die kleinen Namensschilder über deren mittleren Türen und entschied sich dann für Pfarrer Alois Hubmoser. Sie sah sich um und versicherte sich durch einen Blick durch die Fensterchen, dass niemand außer dem Pfarrer in der Kirche anwesend war. Dann zog sie die linke Holztüre am Beichtstuhl auf, trat ein und kniete sich auf die schmale Fußbank. So weit sie durch die Holzgitter, die ihre Kabine von der des Pfarrers trennten, erkennen konnte, war sie beim richtigen gelandet. Ihr gegenüber saß der bärtige Mann mit den blauen Augen, den sie gesucht hatte.

Allerdings hatte er in den letzten 10 Jahren etwas zugelegt, was wahrscheinlich davon kam, dass er das ruhige Leben eines Pfarrers lebte.

»Was kann ich für dich tun, meine Tochter?«, fragte der Pfarrer, nachdem er die Frau bemerkt hatte. Er hatte sie ihrem Hut nach als weibliches Wesen eingeordnet. Die Frau antwortete nicht. Der Pfarrer räusperte sich nach einiger Zeit und wiederholte seinen Begrüßungssatz. Es war für ihn nicht das erste Mal, dass jemand stumm blieb. Er hatte sogar erlebt, dass Menschen den Beichtstuhl wieder verließen, nachdem sie einige Minuten schwiegen.

Einmal hatte allerdings ein älterer Mann einen Herzinfarkt erlitten. Erst als er länger nicht reagierte, war der Pfarrer aus seinem Abteil gestiegen und hatte die Tür zum Abteil des Mannes geöffnet. Dem Ärmsten war nicht mehr zu helfen gewesen, er war tot. So würde Pfarrer Hubmoser auch gerne sterben, nahe bei Gott.

»Ich weiß nicht, wie man das hier macht. Meine letzte Beichte war während meiner Schulzeit!«, brach die Frau dann plötzlich das Schweigen.

»Das macht nichts! Erzähl einfach, was dich bedrückt!«, antwortete Hubmoser gnädig.

Die Frau schwieg wieder.

»Du kannst mir alles sagen!«, bestärkte sie Hubmoser.

»Ich habe schreckliche Dinge getan, Herr Pfarrer!«, gestand

die Frau.

»Was für schreckliche Dinge? Hast du die Ehe gebrochen oder gelogen? Oder vielleicht gestohlen?«, versuchte der Pfarrer es ihr leichter zu machen ihre Sünden zu gestehen.

»Schlimmer! Ich habe Menschen getötet! Viele Menschen!« Ihre Stimme war kaum zu verstehen.

»Was heißt viele Menschen? Warst du in kriegerische Auseinandersetzungen verwickelt? Dann könnte ich das verstehen! Das ist eine Grauzone, diese Schuld würde Gott dir von den Schultern nehmen!«, versuchte der Pfarrer der Frau entgegenzukommen.

»Nein, kein Krieg! Es waren Auftragsmorde, gemeine, hinterhältige Morde. Mit Messern, Pistolen, Gewehren, Schlingen und sogar mit den bloßen Händen! Das alles hab ich für Geld, für schnödes Geld gemacht«, wimmerte die Frau. Es entstand eine peinliche Pause, »Ist das auch eine Grauzone? Verzeiht so was dein Gott? Tot ist schließlich tot! Ich liefere ihm doch Nachschub für seinen Himmel! Er sollte mir dankbar sein! Obwohl, die die ich getötet habe kämen sicher nicht in den Himmel, alles Kandidaten für die Hölle! Alle haben sie ihre Seele an Satan verkauft!« Jetzt wurde die Stimme lauter, hektischer. Die Frau redete sich in Rage.

»Ich glaube, da kann ich nichts für dich machen! Auch du hast schon deine Seele an den Teufel verkauft! Du kannst nur versuchen durch ein keusches und in dich gekehrtes Leben zumindest für dich Erlösung zu finden«, resümierte der Pfarrer salbungsvoll.

»Dazu habe ich aber keine Lust! Ich bin schon verdammt! Und dann tue ich heute weiter Schreckliches!« Die Frau ließ ein gackerndes Lachen hören.

»Was machst du dann überhaupt hier, wenn du nicht an Gott glaubst und nicht an die Erlösung deiner befleckten Seele!«, wollte der Pfarrer wissen.

»Weil ich einen Auftrag habe, den ich nur hier ausführen kann«, flüsterte die Frau plötzlich sehr geheimnisvoll.

»Was für einen Auftrag? Willst du das Haus des Herrn beschmutzen, in dem du hier Blut vergießt?«

»Ich würde aber das Blut eines Sünders vergießen, eines Schuldigen, der keinen Deut besser ist als ich«, stellte die Frau klar.

»Wer sollte das sein?«, fragte der Pfarrer verwundert.

»Stell dich nicht dumm! Natürlich du! Du spielst den Pfarrer seit über 10 Jahren gut, fast könnte man es dir abnehmen!« Die Frau lachte.

»Du musst mich verwechseln, mein Schäfchen. Ich bin Pfarrer Alois Hubmoser und ich habe mein Leben lang Gott gedient und den Menschen geholfen.« Der Pfarrer wirkte fast beleidigt.

»Erstens, du bist nicht Pfarrer Alois Hubmoser und zweitens, du hast weder gedient noch geholfen! Du hast getötet und verstümmelt, Pierre Oiseau!«, sagte die Frau mit scharfer Stimme. Aus dem Abteil des Pfarrers war nichts mehr zu hören.

»Hast du gedacht, dass du mit deinen Taten durchkommst? Die Leute vom Syndikat haben nicht vergessen, dass du ihren Paten bestialisch ermordet hast! Warum hast du das getan? Wer war dein Auftraggeber? Aber endlich haben sie dich jetzt gefunden. Das war gar nicht so einfach. Du hast wirklich geschickt hinter dir alle Spuren verwischt!«, versuchte die Frau den angeblichen Pfarrer aus der Reserve zu locken. Wieder kam keine Antwort. Die Frau zog eine Pistole mit Schalldämpfer aus ihrer Handtasche und öffnete vorsichtig die Tür ihres Abteils. Sie machte die zwei Schritte zur Tür des Abteils des Pfarrers und riss sie auf.

Das Abteil war leer! Im selben Moment bohrte sich der Lauf einer Pistole in ihren Rücken.

»Ich habe sofort dein Parfüm erkannt und auch deine Stimme kam mir seltsam bekannt vor, Antonie Dubois! Diesen Auftrag wirst du wohl nicht mehr ausführen!« Der Pfarrer klang spöttisch.

Frau Dubois ließ ihre Waffe sinken und drehte sich um.

»Willst du mich hier im Haus Gottes erschießen?«, fragte sie.

»Nein, wir machen einen kleinen Ausflug! Beweg dich!«, kommandierte der Pfarrer.

»Halt, eins muss ich dir noch sagen! Ich bin nicht alleine hier! Zu so einem abgebrühten Killer wie du es bist, würde ich nie allein gehen! Sieh zur Kanzel!«, sagte die Frau.

Der Pfarrer drehte sich um und sah den Lauf eines Gewehres über dem Rand der Kanzel. Das Ploppen der Waffe hörte er nicht mehr und dass ihn Antonie auffing, als er nach hinten kippte, bekam er auch nicht mehr mit.

›Der Hot Dog mit zwei Enden‹

Ein Hot Dog ist hier das Essenzielle,
und ein McRib macht eine Welle.
Es können passieren verschiedene Dinge,
vielleicht springt einer über die Klinge.
Auf jeden Fall rückt man sich auf die Pelle.

Sie war schlank, hoch gewachsen und blond. Zusätzlich hatte sie für eine Frau sehr große Hände, was er liebte. Das waren schon mal vier Attribute, die sie für ihn unwiderstehlich machten. Sie würde gut zu ihm passen, dem Medizinstudenten Johannes im achten Semester, mit sportlicher Figur und schwarzen Haaren, die immer etwas ungeordnet von seinem Kopf abstanden. Und in der Größe überragte er sie sicher um zehn Zentimeter. Also waren High Heels bei ihr auch noch möglich.

Obendrauf hatte sie dieses glasklare Lachen, das ihn zutiefst berührte. Gestern hatte er sie das erste Mal vor der Umkleide des Burgerladens gesehen und es hatte bumm gemacht. Sie war mit Beate, einer langjährigen Kommilitonin, gekommen, was vermuten ließ, dass sie auch Studentin war.

Er musste Beate später, in der ersten gewerkschaftlich garantierten Pause, unbedingt fragen, wer sie war. Gestern waren ihre Schichten aber zu verschieden gewesen. Er hatte Beate nicht mehr gesehen. Vielleicht klappte es heute. Dass er die Schönheit selbst fragen könnte, kam ihm gar nicht in den Sinn, dazu war er viel zu schüchtern und hatte viel zu viele schlechte Erfahrungen gemacht.

Er war sich sicher, dass sie ihn nicht beachten würde. In seinem Hot Dog Kostüm sah er auch zu lächerlich aus. Das Kostüm aus wattiertem Stoff ragte fast einen Meter über ihn hinaus, beziehungsweise das rosa Würstchen. Das hellbraune Filzbrötchen ging ihm bis zum Kopf, etwa bis zu den Augenschlitzen, durch die er jetzt die Welt sah.

In welchem Kostüm steckte sie wohl? Aus der Umkleide waren heute ein weiterer Hot Dog und ein McRib gekommen. Er tippte natürlich auf den Hot Dog. Einen McRib konnte er sich bei ihr nicht vorstellen. Das war das hässlichste Kostüm, das er kannte. Es bestand aus einem kackebraunen rechteckige Rippchen, an dem ein Schwall hellroter Soße aus Kunstseide herunterfloss. Das gelbliche Burgerbrötchen, gespickt mit pockenartigen Sesamkörnern, vervollständigte diesen Albtraum. Da steckte bestimmt Beate drin. Zu der passte es besser. Sie war eher athletisch gebaut, aber auch auf ihre Art hübsch.

So stand er, wie die letzten Tage, an der Kreuzung in der Sigmundstraße in Nürnberg mit Blick auf die Hot Dog Bude auf der linken Seite und den Burgerladen auf der rechten.

Sein Kostüm war ihm etwas zu eng, für einen schmaleren Werbeträger gefertigt. Aber eine Maßanfertigung konnte er wohl nicht verlangen. Die sommerliche Sonne brannte erbarmungslos auf ihn herunter. Er transpirierte wie ein Schwein und fühlte sich wie in der Sauna. Durch seine Sehschlitze konnte er auf der anderen Straßenseite den zweiten Hot Dog sehen. Da steckte bestimmt die Schönheit drin. Sie verteilte Prospekte an Passanten, während er mit einem großen Plastikpfeil wedelte, um auf die Hot Dog Bude aufmerksam zu machen.

Um 11:00 Uhr machten zwei Hot Dogs und ein McRib ihre gewerkschaftlich garantierte Pause. Er schwamm in diesem blöden Hot Dog Kostüm im eigenen Saft und setzte sich erschöpft auf die Bank bei der Hot Dog Bude neben den McRib. Er war der festen Überzeugung, dass in dem Kostüm Beate steckte.

»Wir heißt eigentlich deine Freundin, die du gestern mitgebracht hast?«, begann der Hot Dog Johannes das Gespräch.

Erst herrschte Stille. Das war er von Beate gar nicht gewöhnt, da sie sonst immer mit einem Wortschwall antwortete. Er führte das auf die Erschöpfung zurück, die sie wahrscheinlich genauso wie er, wegen der Hitze, spürte.

»Christine!«, antwortete der McRib kurz angebunden.

»Und was macht die so?«, fragte der Hot Dog Johannes.

»Die studiert Medizin!«, antwortete der McRib.

»Das ist ja genau das, was ich auch mache!« Der Hot Dog Johannes war hocherfreut.

»Und wo macht der Hot Dog Pause?«, bohrte er nach.

»Der sitzt neben mir«, kam es vom McRib zurück. Er kicherte dabei.

»Du weißt, ich meine den mit deiner Freundin drin«, gab er Hot Dog Johannes etwas beleidigt zurück.

»Der ist für kleine Hot Dogs«, sagte der McRib und kicherte wieder. Es entstand eine kleine Schweigepause.

»Dann wollen wir mal wieder«, verkündete der McRib plötzlich. Er erhob sich und half dem Hot Dog Johannes beim Aufstehen. Der schwankte, ihm war etwas schwindlig.

»Geht´s?«, fragte der McRib.

»Bisschen viel Hitze abbekommen!«, meinte der Hot Dog Johannes, »Aber Indianer kennen keinen Schmerz!«

Dann nahmen sie wieder ihre Plätze auf der Kreuzung ein. Die Sonne brannte unvermindert vom wolkenlosen Himmel.

Zwischen den Hochhäusern stand eine glühende Hitze, kein Lüftchen bewegte sich. So zumindest empfand es der Hot Dog Johannes. Manchmal schwankte er ein bisschen, hielt aber durch. Zumindest bis zur zweiten, gewerkschaftlich garantierten Pause, musste er es schaffen, um seinen Lohn zu bekommen.

Dann saßen der McRib und der Hot Dog Johannes wieder einträchtig auf dem Bänkchen hinter dem Hot Dog Stand. Der Hot Dog Johannes hatte den Reißverschluss an seinem Kostüm geöffnet und hechelte vor sich hin.

»Mann ist das heiß heute. Macht dir das nichts aus?«, wollte er vom McRib wissen.

»Du weiß doch, den Frauen ist nicht so leicht heiß!« Der McRib lachte hell auf.

Dann fragte der Hot Dog Johannes die vermeintliche Beate im McRib über ihre Freundin aus. Er wollte wissen, was sie in ihrer Freizeit machte. Er erfuhr, dass sie Fußball spielte und malte. Das passte nicht zu ihm, da er lieber auf dem Sofa lag und daddelte und mit Kunst eher nichts am Hut hatte. Aber Gegensätze zogen sich ja bekanntlich an.

Er erfuhr, dass sie von der Uni in München nach Nürnberg gewechselt war, weil sie eine unschöne Trennung von einem gewaltbereiten Freund hinter sich hatte. Deshalb hatte er sie noch nie vorher in den Vorlesungen gesehen. Sie wäre ihm garantiert aufgefallen.

Aber bevor er noch mehr erfahren konnte, war die Pause schon wieder vorbei. Er nahm sich vor, sie nach der Schicht vor der Umkleide abzufangen und zu einem Getränk oder einem Eisbecher einzuladen. Aber es sollte alles ganz anders kommen.

Schließlich stand er wieder auf der Kreuzung und brutzelte

in der Sonne. Er wedelte mit seinem Pfeil und versuchte sich auf den Füßen zu halten. Immer wieder blickte er zum Hot Dog Christine hinüber, der die Hitze nichts auszumachen schien und die tapfer ihre Prospekte unters Volk brachte.

Ende des Hot Dogs Nummer eins

Der Schweiß rann in Strömen an ihm herab und er hätte sein Leben für einen eiskalten Drink oder eine Eisdusche gegeben. Jetzt bekam er auch noch stechende Kopfschmerzen und sein Pfeil wäre ihm mehrfach fast aus den Händen gerutscht.

Er kam sich vor wie in einer Ritterrüstung, die schwarz angestrichen war und in der er sich nicht bewegen konnte. Er versuchte den McRib zu fixieren, sah aber nur noch Schlieren. Dann wurde ihm endgültig schwarz vor Augen. Er kippte bewusstlos nach hinten um. Allerdings fiel er weich, da sein Kostüm gut gepolstert war.

Während seiner Ohnmacht hatte er die Vision, dass die Schönheit sich über ihn beugte. Sie hatte das McRib Kostüm an.

»Ich muss Mund zu Mund Beatmung machen«, sagte sie und drückte ihre feuchten Lippen auf seine. Dann fing sie an ihn zu beatmen und er glaubte ihr zartes Parfum zu riechen. Er versuchte seine Zunge in ihren Mund zu stecken, aber das gelang ihm nicht.

Dann verlor er endgültig die Besinnung. In den Armen einer Schönheit zu sterben, wer wünschte sich das nicht?

Er war total überrascht, dass er doch wieder aufwachte, seine Lebensgeister kehrten langsam zurückkehren. Zuerst wusste er nicht, wo er war. Vorsichtig öffnete er seine Augen. Er lag in einem weichen Bett in einem abgedunkelten

Zimmer. Nur eine Leselampe brannte auf dem Nachttisch. Ein Herzmonitor piepste leise vor sich hin und in seinen Arm führten einige Schläuche. Er vermutete, dass er im Krankenhaus gelandet war. Sofort kam ihm sein Traum von der Mund zu Mund Beatmung wieder in den Sinn. Hatte ihn die Schönheit, nein, Christine, wirklich gerettet? War sie der McRib gewesen?

Wie peinlich war das denn! Er hatte Christine über sie selbst ausgehört! Er hätte nachträglich im Erdboden versinken können!

Aber wahrscheinlich war das alles sowieso nur ein Traum gewesen. Eine Mund zu Mund Beatmung hatte es sicher nie gegeben. Puh, war er erleichtert!

»Na Hot Dog, wieder erwacht?«, hörte er plötzlich. Die Stimme kam ihm irgendwie bekannt vor, aber zuordnen konnte er sie nicht. Er drehte den Kopf. An einem Tisch saß seine blonde Traumfrau mit einem Buch in der Hand. Offenbar hatte sie bis jetzt gerade gelesen.

»Was machst du denn hier?«, fragte er mit schwacher Stimme. »Nicht, dass ich mich nicht freuen würde, aber wir kennen uns doch nur vom Sehen«, hängte er etwas unbeholfen an.

»Wir kennen uns sogar sehr gut oder hast du dich nicht mit dem McRib unterhalten und ihn nach mir ausgequetscht?«, sagte sie geheimnisvoll. Sie legte ihr Buch weg, stand auf, kam zu seinem Bett und beugte sich über ihn. Dann drückte sie ihre Lippen auf seine und nach einem kurzen Schockmoment kam dann auch die Zunge zum Einsatz. Dem Hot Dog Johannes war das alles furchtbar peinlich, aber trotzdem genoss er ihre Liebkosungen und war schon wieder kurz davor zu kollabieren!

Ende des Hot Dogs Nummer zwei

Der Hot Dog Johannes glaubte zwischendurch Sehstörungen zu haben, da er seine Umgebung nur noch verschwommen sah. Dann stellte er aber fest, dass ihm Schweiß in die Augen gelaufen war, was auch ziemlich brannte.

Er wirbelte mit zusammengekniffenen Augen seinen Pfeil hin und her und beobachtete dabei die Kreuzung.

Plötzlich verließ der Hot Dog auf der andern Straßenseite seinen Platz und lief über den Gehsteig. Ein Mann folgte ihm. So weit der Hot Dog Johannes erkennen konnte, war der Verfolger etwa in seinem Alter und hoch gewachsen. Ihm fiel sofort seine Glatze auf. Offenbar wollten beide auf die andere Straßenseite, um zum McRib zu gelangen. Beide warteten diszipliniert an der Ampel, bis diese grün wurde und überquerten dann zügig die Straße.

Plötzlich standen beide vor dem McRib. Der Mann stieß den Hot Dog beiseite, der ihn festhalten wollte. Er konnte klar erkennen, dass der Mann eine Pistole in der Hand hielt. Er redete jetzt auf den McRib ein, während er den Hot Dog mit einem Arm davon abhielt zum McRib zu kommen.

Er musste da eingreifen! Bevor er zu den beiden laufen konnte, klappte der McRib sein Oberteil weg. Mein Gott, in dem Kostüm hatte die Schönheit gesteckt, nicht Beate, wie er vermutet hatte. Er war geschockt! Der McRib war Christine! Er hatte sich zum Affen gemacht! Er musste was tun!

Ohne auf den Verkehr zu achten, überquerte er die Straße. Mit hoch erhobenem Plastikpfeil und Kampfgeschrei ging er auf den Mann mit der Pistole los. Vom Geschrei hörte man zwar nicht viel, da sein Kostüm den Lärm dämmte, aber ihm tat es gut, sich Mut zuzuschreien.

Der Mann stutzte, erstaunt über den Angriff des zweiten Hot Dog. Er hob seine Arme und versuchte dessen Attacken abzuwehren. Mit vollem Körpereinsatz schubste er den Hot Dog Johannes einfach zurück. Doch der gab nicht auf und es entwickelte sich ein Gerangel. Der andere Hot Dog Beate und der McRib Christine standen wie versteinert daneben und beobachteten die Aktion ohne einzugreifen.

Schließlich hielt ein Polizeiauto am Straßenrand und zwei Polizisten sprangen heraus. Doch der Mann mit der Pistole gab nicht auf. Er schnappte sich den den Hot Dog Johannes, drehte ihn als Schutzschild vor seinen Körper und zielte mit der Waffe auf die Beamten.

»Werfen Sie die Waffe weg und lassen Sie den Hot Dog frei!«, rief einer der Polizisten, nicht ohne Spott in der Stimme.

»Ich erschieße dieses arme Würstchen«, antwortete der Mann nicht ohne Ironie und hielt die Waffe dem Hot Dog Johannes dorthin, wo er dessen Stirn vermutete, »oder meine Freundin!« Er zielte auf den McRib.

»Waffe weg!«, rief noch einmal einer der Beamten.

Doch der Mann machte keinerlei Anstalten der Aufforderung zu folgen.

Ich muss etwas tun, dachte der Hot Dog Johannes, Er verstand auch langsam, was hier vorging. Der Mann war der frühere Freund seiner Traumfrau, vor dem sie nach Nürnberg geflohen war. Offensichtlich war er sehr gefährlich.

Dann übertraf sich der Hot Dog Johannes selbst. Er wusste nicht woher er die Kräfte nahm.

Er packte die Hand des Angreifers mit der Pistole und drückte sie in seine Bauchgegend. Ohne zu zögern suchte er den Abzug und steckte seinen Finger vor den Finger des Idioten. Kaltblütig drückte er ab. Ein irrwitziger Schmerz durchfuhr ihn. Er würde den Angreifer mit in den Tod nehmen. Der Mann und der Hot Dog Johannes kippten nach hinten über und blieben blutend auf dem Gehweg liegen.

Die Kugel hatte beide Körper durchschlagen.

Ich habe meine Traumfrau gerettet, war der letzte Gedanke des Hot Dog Johannes, bevor er bewusstlos wurde.

Er war total überrascht, dass er doch wieder aufwachte. Er fühlte langsam seine Lebensgeister zurückkehren. Zuerst wusste er nicht wo er war. Vorsichtig öffnete er seine Augen. Er lag in einem weichen Bett in einem abgedunkelten Zimmer. Nur eine Leselampe brannte am Nachttisch. Ein Herzmonitor piepste leise vor sich hin und in seinen Arm führten einige Schläuche. Er vermutete, dass er im Krankenhaus gelandet war. Dunkel erinnerte er sich an einen Schuss. War das wirklich passiert? Hatte er die Schönheit, nein, Christine, wirklich gerettet? War sie der McRib gewesen?

Wie peinlich war das denn! Er hatte Christine über sie selbst ausgehört! Er hätte nachträglich im Erdboden versinken können!

Aber wahrscheinlich war das alles sowieso nur ein Traum gewesen. Einen Schuss hatte es nie gegeben. Aber als er versuchte sich aufzusetzen, änderte er schnell seine Meinung. Er hatte einen Verband um den Bauch und ziemliche Schmerzen. Es war also doch alles so, wie er es in Erinnerung hatte.

»Na Hot Dog, wieder erwacht?«, hörte er plötzlich. Die Stimme kam ihm irgendwie bekannt vor, aber zuordnen konnte er sie nicht. Er drehte den Kopf. An einem Tisch saß seine blonde Traumfrau mit einem Buch in der Hand. Offenbar hatte sie bis jetzt gerade gelesen.

»Was machst du denn hier?«, fragte er mit schwacher Stimme. »Nicht, dass ich mich nicht freuen würde, aber wir kennen uns doch nur vom Sehen«, hängte er etwas unbeholfen an.

»Das sollten wir ändern!«, sagte sie geheimnisvoll. Sie legte ihr Buch weg, stand auf, kam zu seinem Bett und beugte sich über ihn. Dann drückte sie ihre Lippen auf seine und nach einem kurzen Schockmoment kam dann auch die Zunge zum Einsatz. Der Hot Dog Johannes war schon wieder kurz davor zu kollabieren!

›Das DIXI Klo‹

Es war einst ein Toter im DIXI Klo,

der war gar nicht mehr froh.

Eine Kugel traf ihn in den Kopf,

während er saß auf dem Topf.

Jemand war der Meinung, das gehöre sich so.

Wilhelm Oberreuther, der Fahrer des DIXI Klo Transporters hatte es eilig. Er musste, nach einem Open Air Konzert auf der Festwiese am Dutzendteich in Nürnberg, die DIXI Klos entleeren, säubern und abholen. Schon beim Absaugen der Fäkalien fiel dem stämmigen Mann mittleren Alters auf, dass eines der zehn Klohäuschen fehlte. Trotzdem reinigte er zuerst die Innenräume der neun Mobiltoiletten mit dem Dampfstrahler, den er auf seiner Ladefläche dabei hatte.

Dann lud er die Mobiltoiletten mit seinem Minikran auf und sicherte sie mit Spanngurten. Er stärkte sich mit einer Tasse Kaffee aus seiner Thermoskanne, fluchte lautstark und beschloss zähneknirschend nach dem fehlenden Häuschen mit der Nummer 12-D-6932 zu suchen. Das hatte er seinem Lieferschein entnommen.

Die mobilen Toiletten hatten auf dem seeseitigen Rand der Wiese gestanden.

Deshalb latschte Wilhelm Oberreuther zuerst durch das angrenzende kleine Wäldchen. Hier fand er nur leere Zigarettenschachteln und zerbrochene Bierflaschen. Von einer Toilette war nichts zu sehen. Mit einem weiteren Fluch auf den Lippen hievte er seine 120 Kilo Lebendgewicht auf die Ladefläche seines Lasters. Von hier aus versprach er sich einen bedeutend besseren Überblick.

Zuerst sah er nur Bierbänke, die an der Wand eines Kiosks gestapelt waren und die am Ufer in den sanften Wellen des Teiches schaukelnden Tretboote eines Verleihers.

Aber dann wurde er doch noch fündig. Das blaue Ding dümpelte nicht weit entfernt von den Tretbooten im See vor sich hin. Welcher Idiot hatte denn das zustande gebracht? Vermutlich war da viel Alkohol im Spiel gewesen. Wilhelm Oberreuther wälzte sich von der Ladefläche und zog ächzend Schuhe und die Socken aus. Gott sei Dank hatte er eine kurze Hose an. Mit lautem Geplatsche watete er durchs knietiefe Wasser zu dem Häuschen. Problemlos schob er es zum Ufer, damit er es mit seinem Kran erreichen konnte.

Er warf einen Blick auf die Uhr. Es war kurz vor Feierabend und er hatte eine Verabredung mit seinen Kumpels vom Kegelclub beim Griechen. So beschloss er, die Toilette morgen im Lager seiner Firma zu säubern. Er hievte das Häuschen auf die Ladefläche und vergaß die Reinigungsabsichten in dem Moment, als er seinen Wagen auf dem Parkplatz der Firma abgestellt hatte.

Bei Dienstbeginn am nächsten Morgen wurde er von einem bestialischen Gestank überrascht, der ihm von seiner Ladefläche entgegenwehte. So ein Mist, das war sicher das schwimmende Häuschen. Rasch, bevor es sein Chef bemerkte, lud er das Stinkeklo ab und öffnete es, um die Fäkalien abzusaugen. Wilhelm Oberreuther hätte der Gestank beinahe umgehauen, was ihm bisher noch nie passiert war.

Zu seinem Erschrecken saß da ein Mann mit heruntergelassener Lederhose auf dem Plumsklo, so als hätte er sich gerade eben zu seinen Verrichtungen hingesetzt. Leider war der Typ aber mausetot, wie man an seiner, mehr als ungesunden, Hautfarbe leicht erkennen konnte.

Und er hatte ein Loch in der Stirn. Der Dicke konnte mit Mühe einen Entsetzensschrei unterdrücken. Das wäre doch zu weibisch gewesen und er dann das ewige Gespött seiner Kollegen. Er holte tief Luft und sein Handy aus der Hosentasche. Das war eindeutig ein Fall für die Polizei.

Als Hauptkommissar Gottmann und Hauptkommissarin Izny an den Tatort kamen, waren schon die Spurensicherung und der Pathologe Dr. Stefan Brandmeister am werkeln. Die Leiche lag auf einer Folie vor dem Klohäuschen und die Spurenleute pumpten die Fäkalien in große Plastikflaschen. Es stank bestialisch, auch weil die Außentemperatur bei 32 Grad lag.

»Hallo Doc! Schon was für uns?«, fragte Gottmann.

»Tja, er wurde erschossen. Peng, direkt mitten in die Stirn, großes Kaliber. Das Projektil ist glatt durchgegangen. Wir haben es aber noch nicht gefunden. Und er ist schon länger tot. Ich würde sagen etwa sechs Tage«, stellte Brandmeister fest.

»Das war vor der Veranstaltung am Dutzendteich am Wochenende, wo die Klohäuschen im Einsatz waren«, meinte Yara, »Vielleicht gehörte er ja zur Aufbaucrew. Ich glaube, wir sollten mal dem Veranstalter auf den Zahn fühlen!«

Wenig später saßen sie vor Herrn Mittelberger, dem Chef des ›Concertbüro Mittelfranken‹ in dessen Büro. Yara hatte gute Arbeit geleistet und schnell herausgefunden, wer für das Konzert zuständig war.

»Herr Mittelberger, wir haben einen Toten und wir glauben, dass er bei Ihnen gearbeitet hat. Kennen sie diesen Mann?«, fragte Gottmann und hielt ihm sein Smartphone mit einem Bild des Toten vor die Nase.

Mittelberger zuckte erschrocken zurück: »Der sieht ja

furchtbar aus!« Er machte eine Pause.

»Das haben Menschen, die schon ein paar Tage tot sind so an sich.« Gottmann war unerbittlich.

»Ich kenne ihn, das ist Peter Großmann, ein Mitarbeiter von uns. Wir haben ihn schon vermisst«, stellte Mittelberger fest.

»War er beim Aufbau der Veranstaltung am Dutzendteich dabei?«, fragte Gottmann.

»Natürlich! Großmann gehört zu unserem Team oder besser gehörte. Aber Sie können gleich mit seinen Kollegen reden. Die kommen in einer halben Stunde zurück«, schlug Mittelberger vor und sah auf seine Uhr.

»Das machen wir! Können wir hier irgendwo warten?«, fragte Yara.

»Gehen Sie doch in den Aufenthaltsraum! Dann sind sie gleich am richtigen Platz« schlug Mittelberger vor.

Eine dreiviertel Stunde später, Gottmann hatte sich schon zwei Flaschen Limo und eine Tüte Erdnüsse aus dem Automaten gezogen, kamen fünf Männer und eine überschlanke Frau in den Raum. Sie stutzten, als sie die beiden Polizisten sahen.

»Gottmann und Izny von der SOKO Gewaltverbrechen in Nürnberg«, stellte Gottmann sich vor und zeigte seinen Ausweis, »Wir sind wegen ihres Kollegen Großmann hier. Er ist tot. Wann haben Sie ihn das letzte Mal gesehen?« Gottmann blickte in die Runde.

Die Angestellten tuschelten miteinander. Dann meldete sich die Frau und sagte: »Er war beim Aufbauen am Dutzendteich mit dabei.«

»Soso, warum schwamm er dann in einem DIXI Klo im

See?«, wollte Yara wissen.

»Das war ein Scherz, den wir gemacht haben!«, meldete sich ein Mann, »Marlene hat gesagt, dass der Peter im Klo eingeschlafen ist und dass es doch ein Gag wäre, ihn im Wasser schwimmend aufwachen zu lassen. Wir haben ihn zusammen mit dem Klo hochgehoben und vorsichtig zum Wasser getragen. Das war saulustig!«

»Da war der Mann vermutlich schon tot. Ich nehme an, Sie sind Marlene Wurmer?« Gottmann sah die einzige Frau mit der Hornbrille durchdringend an. Die Rothaarige nickte. »Wieso dachten Sie, dass er schläft?«, fragte er weiter.

»Ich hab ihn ins Klo gehen sehen. Dann haben wir den einen LKW abgeladen und er ist nicht aufgetaucht. Später habe ich vorsichtig an die Tür geklopft und er hat sich nicht gemeldet. Ganz einfach! Liegt doch nahe, dass er eingeschlafen war!«, antwortete die Frau.

Es entstand eine Pause.

Dann schloss Gottmann das Gespräch ab: »Yara nimmt jetzt die Personalien von allen auf und dann können Sie gehen!«

Wieder ins Büro zurückgekehrt, recherchierten Gottmann und Yara. Sie versuchten mehr über Großmann und Mittelbergers Angestellte heraus zu bekommen.

»Dieser Großmann ist ein Phantom. Offenbar hatte er erst seit sieben Jahren ein Leben. Vorher ist nichts über ihn im Internet zu finden«, stellte Gottmann fest.

»Das klingt nach Zeugenschutzprogramm! Ich rufe den Oberkommissar Berndram an, der kann sicher etwas dazu sagen«, schlug Yara vor.

Kurz darauf meldete sie sich wieder: »Der Tote hat tatsächlich im Prozess gegen unseren speziellen Freund Roland ›Das Messer‹ Kempinski ausgesagt und ihn für 15 Jahre hinter Gitter gebracht. Seine Vergangenheit hat Großmann wohl doch noch eingeholt.«

»Sieh mal einer an! Ich habe mir die Akten vom Prozess mal angeschaut. Gott sei Dank sind die schon digitalisiert. Mit angeklagt war die Freundin von Kempinski, eine gewisse Andrea Hupfer. Die sieht unserer Marlene vom Aufbauteam verdammt ähnlich, hatte nur eine andere Haarfarbe und Frisur. Auch die Brille fehlt. Scheint ne geklaute Identität zu haben«, vermutete Gottmann.

»An ihrer Stelle würde ich das auch machen. Sie arbeitet seit einem Monat beim Concertbüro Mittelfranken. Was es doch für Zufälle gibt! Ich ruf den Mittelberger an, wo die heute eingesetzt ist«, meinte Yara. Nach einem kurzen Anruf ergänzte sie, »Ich weiß jetzt, wo wir die finden. Los, die holen wir uns, bevor sie die Fliege macht!«.

Yara griff sich den Autoschlüssel: »Ich fahre! Du bist mir zu langsam, alter Mann!«

Wenig später standen sie vor der Halle B 6 auf dem Messegelände in Nürnberg.

»Da singt heute Abend irgend so ein Typ, von dem ich noch nie was gehört habe. Laut Mittelberger ist Marlene Wurmer hier bei der Arbeit«, verkündete Yara. Die beiden Kommissare gingen in die Halle. Die Truppe war mit dem Aufbau der Bühne und Technik beschäftigt.

»Frau Wurmer, wir müssten mal kurz mit Ihnen reden. Wo können wir uns hier unterhalten?«, fragte Gottmann die Verdächtige. Sie wirkte nicht überrascht und machte beim Anblick des Hauptkommissars keine Anstalten zu fliehen. Ihr Gewissen schien rein zu sein.

»Da vorne ist das Büro des Hallenchefs, da können wir sicher rein«, stellte Marlene Wurmer fest. Nach einem kurzen

Fußmarsch saßen die drei an einem Besprechungstisch.

»Sie sind in Wirklichkeit Andrea Hupfer und haben ein Motiv um Peter Großmann zu töten. Er hat gegen ihren Freund im Prozess ausgesagt«, begann Gottmann.

»Das will ich gar nicht leugnen. Ein Motiv hätte ich zwar, aber ich hab`s nicht getan. Das Schwein hab ich gleich erkannt, auch wenn er anders hieß. Aber eine Mörderin bin ich deshalb nicht!« Marlene grinste schief.

»Mal angenommen, wir würden Ihnen glauben, haben Sie eine Idee, wer es wirklich gewesen sein könnte?«, fragte Yara ins Blaue. Gottmann schaute skeptisch, er hatte Marlene Wurmer als Mörderin noch nicht ganz ausgeschlossen.

»Sie sollten sich mal mit unserem Chef, dem Mittelberger, beschäftigen! Oft ist alles anders, als es aussieht. Mehr sage ich nicht!« Das war das Statement von Marlene. Sie verschränkte die Arme vor der Brust und schwieg ab dann.

»Bleiben Sie für uns erreichbar!«, schloss Gottmann das Gespräch und stand auf, »Wir fahren ins Büro zurück, Yara!«

Dort setzten sich beide an den Rechner und begannen konzentriert mit ihren Recherchen. Es herrschte eine Stunde absolute Stille, nur das Klopfen der Tastaturen war zu hören.

Schließlich erhob sich Yara, dehnte und streckte sich ausgiebig. Dann marschierte sie zum Speiseplan, der an der Tür hing.

»Ich hab tierischen Hunger! Diese Woche ist mal wieder ›Fränkische Woche‹, kommst du mit in die Kantine?« Sie sah Gottmann an, der nickte und die beiden verschwanden Richtung Speisesaal.

Nach einer dreiviertel Stunde saßen sie wieder bei der Arbeit. Yara hatte fünf Nürnberger Bratwürste mit Kraut im

Bauch und Gottmann, sehr fränkisch, eine Currywurst.

»Tata!«, sagte auf einmal Yara, »Da haben wir doch was. Ich habe hier die Heiratsurkunde von Mittelberger. Der Typ hat den Namen seiner Frau angenommen und hieß vorher Kempinski und ist der Vater von Roland Kempinski, genannt das Messer!«

»Na, dann ist ja alles klar! Ich schicke zwei Beamte zu ihm, die sollen ihn zu uns bringen!«, meinte Gottmann.

Kurz darauf saßen Mittelberger und die beiden Kommissare im Vernehmungsraum 1.

»Herr Mittelberger, Sie wissen, warum Sie hier sind?«, begann Gottmann.

»Ich habe keinen Ahnung! Ich weiß nur, dass Sie in Schwierigkeiten sind. Sie holen mich ab wie einen Verbrecher! Das wird Folgen haben!«, beschwerte sich Mittelberger.

»Das glaube ich zwar nicht, aber wir wissen, dass Sie eigentlich Kempinski heißen und der Vater von Roland Kempinski sind«, sagte Yara.

»Stimmt, kann ich nicht leugnen!«, gab Mittelberger zu.

»Als Marlene Wurmer in Ihren Betrieb kam, witterten Sie die Chance ihren Sohn zu rächen und den Verdacht auf sie zu lenken«, spekulierte Gottmann.

»Unsinn!«, antwortete Mittelberger patzig.

»Wir haben das Projektil mit dem Großmann getötet wurde. Es gehört zu einer Waffe, die auf Sie registriert ist«, log Gottmann. Yara sah ihn erstaunt von der Seite an, hörte sie diese Tatsachen doch das erste Mal.

Jetzt schwieg Mittelberger. Auf seiner Stirn bildeten sich Schweißtropfen. Er schien mit sich zu ringen. Dann straffte er sich und sah die Polizisten mit klarem Blick an.

»Gut, Sie haben mich! Mein Spiel ist nicht aufgegangen. Ich konnte es nicht ertragen den Typen jeden Tag zu sehen. Ich musste immer wieder an meinen armen Sohn denken, der im Knast sitzt. Ich bin zum Dutzendteich gefahren, um zu sehen, wie weit meine Leute sind. Und dann habe ich Großmann ins DIXI Klo gehen sehen. Die anderen waren mit einem LKW beschäftigt. Das war die Gelegenheit. Pistole aus dem Auto geholt und Peng. Aber mit dem restlichen DIXI Klo Desaster habe ich nichts zu tun!«, gestand Mittelberger.

Später bei einem Bierchen in der Stammkneipe der SOKO Gewaltverbrechen dem ›Riesengebirge‹ meinte Yara: »Gut gelogen Herr Hauptkommissar! Aber von den ganzen Namen schwirrt mir immer noch der Kopf! Die Zeche geht heute auf dich Hauptkommissar Gottmann oder heißt du auch anders?«

›Radigunde‹

Es war einst eine Prinzessin im Keller,

deren Leben sollte werden heller.

Ein Knappe betrog sie alle,

und ging der Königin nicht in die Falle.

Er war pfiffig und er war schneller.

Ritter Lanzelot von Pechstein saß mit seinem Knappen Bernfried in der Taverne ›Zum gläsernen Sarg‹ und ließ sich einen Humpen Bier und eine Wildschweinkeule schmecken. Nach dem Desaster mit Stachelgunde war der dickliche Ritter mit dem roten Gesicht ziemlich frustriert. Das war direkt proportional zu seinem Biergenuss. Auch dem drahtigen Bernfried ging es nicht gut. Er hatte zwar den Schädel von Stachelgunde geküsst, aber es war keine wunderhübsche Prinzessin aus dem Knochenhaufen geworden.

Zu vorgerückter Stunde setzte sich ein buckeliger Mann zu ihnen. Er trug einen groben Leinenumhang und hatte die Kapuze tief ins Gesicht gezogen.

»Ich habe von eurem Pech mit Stachelgunde gehört. Ich hätte da einen Tipp, wo noch eine wunderhübsche Prinzessin auf ihre Erlösung wartet. Aber mein Wissen würde euch drei Taler kosten, edle Herren« sagte er unvermittelt mit einer lispeligen Stimme.

Lanzelot starrte ihn verständnislos an und fragte dann: »Welche Prinzessin meint Ihr, ihr Sohn einer läufigen Hündin?«

»Prinzessin Radigunde, edle Herren!«, sagte der Mann, ließ sich von der Beschimpfung nicht irritieren und hängte ein Kichern an.

»Die mit dem langen Zopf? Ich habe von ihr gehört, aber keiner weiß wo sie ist, stinkender Bärendreck«, lallte Lanzelot.

»Ich habe hier eine Geheimkarte. Darauf ist eingezeichnet, wo ihr Wohnturm steht«, flüsterte der Mann, »Vier Taler, edle Herren!«

»Gerade hat es noch drei Taler gekostet, du Drachenpfurz!«, beschwerte sich Bernfried.

»Mit jeder eurer dummen Fragen wird es teurer! Fünf Taler, edle Herren!« Der Mann kicherte verrückt in seine Kapuze. Gegen die Beschimpfungen war er offenbar immun.

»Gib ihm vier Taler, Bernfried!«, kommandierte der Ritter.

Leicht schwankend zählte Bernfried vier Taler auf den Tisch: »Hier, du stinkender Auswurf eines Auerochsens!«

»Wenn du beleidigend wirst, gehe ich einfach, du eitriger Ausfluss eines Furunkels!«, konterte der Fremde, offenbar war seine Frustrationsschwelle überstiegen.

»Lass die Karte sehen, du unwürdiger Sohn einer Stinkmorchel!«, lallte Lanzelot unbeeindruckt.

Die Stinkmorchel griff sich das Geld und legte eine Schriftrolle auf den Tisch. Dann verschwand er im Getümmel der Taverne.

Lanzelot nickte Bernfried zu. Der Knappe steckte die Rolle ein. Unvermittelt kippte der Ritter von seinem Stuhl und blieb unter dem grobschlächtigen Holztisch liegen.

Am nächsten Morgen saßen Lanzelot und Bernfried völlig verkatert beim Frühstück.

»Mische Er mir sein Katergebräu!«, befahl der Ritter dem Wirt. Lanzelot hatte grottenschlechte Laune. »Schließlich habe ich von Deinem gepanschten Bier diese grässlichen Kopfschmerzen! Bernfried, was war gestern Abend los? Ich erinnere mich an nichts mehr. Habe ich mich geprügelt oder mit zehn Frauen gleichzeitig geschlafen?«

»Weder noch, du hast eine Karte gekauft mit dem Aufenthaltsort von Radigunde!«, Bernfried rollte ein Pergament auf dem Tisch auf. Lanzelot schaute sich die Landkarte interessiert an.

»Dieses Tal kenne ich! Dort fließt der Bommerunde. Das sind mindestens fünf Tagesritte! Also warten wir nicht länger! Ich will endlich meine Prinzessin, bei Teutades! Egal wie sie aussieht!« Lanzelot war noch nicht ganz nüchtern.

Die Reise dauerte dann doch sieben Tage. Unterwegs musste der Ritter zweimal wegen der Nachwehen seines Katers einen Tag pausieren.

Am siebten Tag standen sie endlich vor dem Wohnturm von Radigunde. Er lag idyllisch in einem Tal und neben ihm floss der Bommerunde. Die Bäume hatten frisches Laub an den Ästen und eine Rabatte mit Frühlingsblumen umgab den Sockel des Turmes.

Überall brummte und summte es und Vogelgezwitscher war zu hören.

»Radigunde, lass dein Haar herab!«, rief Lanzelot. Er wusste, was zu sagen war. Zur Feier des Tages hatte er seine schönste Rüstung an. Sie glänzte und funkelte in der Sonne. Aber nichts passierte. Er rief noch einmal. Wieder nichts! Da entdeckte Bernfried einen Zettel an der Turmmauer.

»Bin umgezogen! Wohne jetzt im Keller des Palastes!«, las Bernfried mit lauter Stimme vor.

»Welcher Palast? Ein bisschen genauer könnte sie schon sein!«, beschwerte sich Lanzelot.

»Vielleicht ist es der da drüben!« Bernfried deutete auf ein riesiges Gebäude, das auf einem Berg in der Ferne thronte.

»Dann lass uns keine Zeit vergeuden und los reiten! Radigunde, euer Prinz kommt zu Euch!«, rief Lanzelot euphorisch.

Am Abend erreichten sie ihr Ziel und machten Pause im Gasthof ›Zum Zopf‹ am Fuße des Berges, auf dem das Schloss stand.

»Wirt, bringe Er mir einen Humpen Bier und erzähle Er mir von der Königstochter und den Aufgaben, die es zu überwinden gilt«, tönte der Ritter. Aber nicht der Wirt, sondern eine dralle Bedienung, mit einem geschnürten Bustier, kam und stellte einen Humpen Bier auf den Tisch. Dann setzte sie sich zu Lanzelot und Bernfried.

»Ihr wollt mehr über die wunderschöne Prinzessin wissen? Hier ist ihre Geschichte. Man erzählt sich, dass die Prinzessin irgendwann genug davon hatte ihren langen, blonden Zopf vom obersten Geschoss ihres Wohnturms zu lassen. Es kam sowieso nur ihre hässliche Mutter zu Besuch. Die verhinderte, dass die Ritter und Hochwohlgeborenen den Turm fanden und die Prinzessin aus ihrem Gefängnis befreiten. Kurz entschlossen schnitt sie sich ihren Zopf ab. Zur Strafe für diese Tat verbannte sie die schreckliche Königin in den Keller ihres Schlosses und ließ alle Eingänge zu ihren Gemächern zumauern. Nur die Fenster zu zwei Lichtschächten lies sie offen. Jetzt erreicht man die Prinzessin nur noch, wenn man selbst so lange Haare hat, dass man sie zu ihr herablassen kann. Sie muss dann daran zu ihrem Retter hochklettern. Radigunde, ich lasse mein Haar herab, ist jetzt die neue Losung«, erklärte die Bedienung.

Lanzelot strich sich über den Kopf und seine schütteren, grauen Haare und grummelte: »Das schaffe ich nie! Aber vielleicht kannst du mich ja vertreten.« Er blickte auf die langen Zöpfe der Bedienung.

»Nein, das funktioniert nicht, darüber wacht die Königin. Sie prüft, ob der Retter die richtigen Haare hat. Betrügt er, ist er einen Kopf kürzer!«, ergänzte die Magd.

»Mist, warum ist die Rettung von Prinzessinnen immer so kompliziert?« Lanzelot war frustriert und bestellte sich noch einen Humpen Bier. Doch Bernfrieds Interesse war geweckt.

Während sich sein Herr in der Taverne einen mächtigen Rausch ansoff, ritt er auf dem gepflasterten Weg hinauf zum Schloss und sah sich die Lage an. Mit offenem Mund stand er am Schlosstor und betrachtete die hohen Mauern und den Bergfried. Zu der abendlichen Stunde waren nicht viele Menschen unterwegs und so ritt er unbehelligt in den Schlosshof. Die Lichtschächte, von denen die Bedienung gesprochen hatte, entdeckte er schnell. Sie lagen an der Westseite des Hofes und waren etwa drei Meter tief. Das sollte doch mit List und Tücke zu schaffen sein, dachte Bernfried.

Er ritt zurück zur Taverne. Dort besorgte er sich ein dickes Seil, schnitt den Schweif seines Pferdes ab und wickelte die Haare um das Seil. Mit etwas gutem Willen konnte man das Konstrukt als Zopf werten. Dann band er das eine Ende des Seils um seinen Kopf und verdeckte es mit einer Mütze.

Stolz ritt er wieder zum Schloss hinauf und stieg bei den Lichtschächten ab. Er warf seinen ›Zopf‹ hinunter und rief: »Radigunde, ich lasse mein Haar herab!«

Kurz darauf erschien eine wunderhübsche junge Frau am Fensterchen. Sie öffnete es und sah voller Entzücken den Zopf herunterbaumeln.

»Ich komme, mein Prinz!«, flötete sie. Sie packte den Zopf und zog sich geschwind daran herauf. In Sekundenschnelle stand sie vor Bernfried, der sie sofort küsste. Plötzlich tauchte die wirklich potthässliche Königin hinter Bernfried auf. Es war Abend geworden und dämmerte bereits. Die Königin musterte streng die beiden Liebenden und Bernfrieds ›Zopf‹.

»Was wagst du es mein Töchterchen aus ihrem Verlies zu befreien, du elender, stinkender Knappe!«, begann sie zu schimpfen.

»Du weißt, was du mir versprochen hast!«, versuchte die Prinzessin ein zu lenken.

Grummelnd betrachtete die Königin den ›Zopf‹ von Bernfried.

»Das scheint mir in Ordnung!«, rief sie nach einer kleinen Denkpause. Dabei umspielte doch tatsächlich ein Lächeln ihre verhärmten Lippen und sie sah verschwörerisch die Prinzessin an. Bernfried war nicht klar, ob sie den Schwindel erkannt hatte oder ob sie froh war, dass ihre Tochter endlich unter die Haube kam.

»Gut! Versprechen ist Versprechen!«, sagte sie dann endlich.

So waren alle glücklich. Radigunde und Bernfried heirateten, bekamen drei Kinder, und wenn sie nicht gestorben sind, dann leben sie noch heute in ihrem Schloss.

Nur Ritter Lanzelot wurde nicht so recht glücklich. Er nahm die Bedienung aus dem ›Zum Zopf‹ mit in seine Burg, heiratete sie, bekam vier unausstehliche Kinder und hatte ab dem ersten Moment in seinem Reich nichts mehr zu sagen.

›Der Cellokasten‹

Du spieltest Cello
In jedem Saal in unserer Gegend
Ich saß immer in der ersten Reihe
Und fand dich so erregend
Cello
Du warst eine Göttin für mich
Und manchmal sahst du mich an
Und ich dachte ›Mann oh Mann‹
Und dann war ich wieder völlig fertig.

Udo Lindenberg

Margrit de Vries schreckte im Bett hoch. Mit ihrem schwarzen Seidenschlafanzug verschwand sie fast in der schwarzen Satin Bettwäsche. Für Margrit gab es keine andere Farbe als Schwarz, zumindest soweit es um Klamotten ging. Mit Schwarz kam auch ihre helle Haut, das rote lange Haar und der knallig rote Lippenstift, den sie immer trug am besten zur Geltung. Zumindest war das ihre Überzeugung.

Im dämmrigen Licht ihres Lofts fiel Ihr erster Blick auf ihren Cellokasten in der Ecke. Dort stellte sie ihn immer ab, direkt neben dem Stuhl, auf dem sie immer saß, wenn sie übte.

Puh, er war noch da, Gott sei Dank! Nicht auszudenken, wenn er wieder verschwunden wäre. Es begann vor einem Monat. Da war er auf einmal weg. Nach zwei Stunden tauchte er wieder an seinem alten Platz im Zimmer auf. Er war durchnässt und mit allerlei Algenkram verziert.

Was war da los? Sie konnte sich das mysteriöse Verschwinden beim besten Willen nicht erklären. Vor zwei Wochen war er fast einen ganzen Tag verschwunden. Als er wieder auftauchte, war er voller Sand und fühlte sich warm an, ja fast schon heiß.

Inzwischen sah er, nach etlichen Ausflügen, aus, als ob ihn ein Bulldozer überrollt hätte. Aber Gott sei Dank war es war nur der Kasten. Ihr Cello nahm sie zuhause immer sofort heraus, wenn es nicht unbedingt für Transportzwecke drin sein musste.

Margrit de Vries schloss ihre Augen und war sofort wieder eingeschlafen. Als sie später aufwachte, war es draußen schon hell. Ihr Smartphone zeigte 8:34 Uhr. Sie war völlig gerädert und hatte schreckliche Albträume gehabt. Sie versuchte sich zu erinnern.

Sie war im Traum in ihren Cellokasten geklettert und tatsächlich mit ihm gereist. Als sie ihn von innen öffnete, befand sie sich in einer Winterlandschaft. Sie begann sofort vor Kälte zu zittern, da sie nur ihren Schlafanzug trug. Neugierig stieg sie aus dem Kasten und sah sich um. Irgend etwas stimmte hier nicht. Sie konnte es aber nicht sofort benennen.

Lag es an dem Licht, das mehr diffus als sonnig war? War es die Luft, deren Kälte in ihren Lungen brannte? Es roch gleichzeitig erfrischend und dumpf, wie eine Mischung zwischen Zitronen und Schweinebraten.

Mit einem Schlag wurde es ihr klar! Hinter den Schleierwolken konnte man zwei Sonnen sehen. Wo um Himmels willen war sie?

Plötzlich hörte sie einen Laut, der so ähnlich wie das Muhen einer Kuh klang. Am Horizont tauchte ein großes Geschöpf mit sechs Beinen auf. Das war zu viel für die Cellospielerin. Sie sprang in ihren Cellokasten und hielt ihn panisch von innen zu. Dann wartete sie angstvoll, dass das seltsame Wesen auf ihrem Kasten aufschlug. Als längere Zeit nichts passiert war, nahm sie allen Mut zusammen und öffnete den Kasten vorsichtig.

Zu ihrer Überraschung war sie wieder in ihrem Loft mit angenehmer Raumtemperatur und nur einer Sonne am Himmel, die durch das Fenster in den Raum schien.

Erst jetzt wurde ihr richtig klar, dass sie offenbar auf einem anderen Planeten gewesen war. Aber so etwas gab es doch gar nicht! Wurde sie langsam verrückt? Sie berührte den Kasten und spürte immer noch die Kälte der Schneelandschaft. Dann war sie wieder aufgewacht. Ihr wurde immer noch übel, wenn sie an das sechsbeinige Monster dachte. Aber das war ja nur ein Traum gewesen!

Aber jetzt musste sie zur Probe. Sie ging erst ins Bad und versuchte sich den Albtraum vom Körper zu duschen. Dann zog sie ihr schwarzes Minikleid an, es sollte heute sehr warm werden, und verstaute ihr Cello im zugehörigen Kasten.

»Du bleibst jetzt erst mal hier bei mir!«, murmelte sie und sah den Kasten streng an. Als ob der etwas bemerken würde, ging ihr durch den Kopf. Dann schnallte sie den Kasten auf den Rücken und verließ das Haus in Richtung Opernhaus.

Dort angekommen stellte sie ihren leeren Cellokasten zu den andern Transportbehältnissen für Musikinstrumente und ging mit ihrem Cello in den Proberaum.

Als sie zurück kam, bot sich ihr ein Bild der Verwüstung. Ihr Kasten lag geöffnet am Boden. Eine Schleimspur führte von ihm weg. Das war neu! Außerdem steckten etwa zwanzig winzige Pfeile in der Vorderseite des Kastens. Sie waren ungefähr zehn Zentimeter lang, aus einem Material, das sich glitschig anfühlte und nach Pfefferminze roch.

Sollte sie das Ding, das die Schleimspur hinterlassen hatte, suchen? Oder so tun, als ob sie das alles nichts anginge. Sie entschied sich für Letzteres. Schnell brach sie die Pfeile ab. Es entstand dabei ein unangenehmer Geruch, dem sie sich durch Flucht mit ihrem Cello und zugehörigem Kasten entzog.

Der restliche Tag verging ruhig. Es tauchte kein schleimiges Ding auf, kein Schnee, kein Wasser, nichts!

Nachts wachte sie schweißgebadet auf, weil sie keine Luft mehr bekam. Bestimmt hatte sei einen Herzinfarkt. Das war ihre erste Vermutung. Margrit de Vries tastete nach ihrem Smartphone, um Hilfe zu holen, schaltete aber aus Versehen das Licht auf ihrem Nachtkästchen an. Und dann sah sie Es.

Es saß auf ihrer Brust und starrte sie an. Schleim lief von seinem Körper. Das Schleimmonster aus dem Cellokasten saß auf ihr. Es war etwa dreißig Zentimeter groß und genauso breit. Seine Haut war lindgrün und sonderte dauernd Schleim ab. Aus zwei großen Kulleraugen sah Es sie unverwandt an. Zuerst konnte sie nicht sagen, was an dem Ding nicht stimmte. Aber dann erkannte sie es, Es zwinkerte nicht. Hatte Es überhaupt Augenlider? Sie wollte es gar nicht wissen, sie wollte das Ding nur noch los werden.

»Ruhig bleiben!«, sagte sie zu sich selbst, wenn Es ihr feindlich gesinnt wäre, würde sie wahrscheinlich schon nicht mehr leben.

»Hallo Monster! Wir gehen jetzt wieder in den Cellokasten, ok!«, sagte sie mit zitternder Stimme und wand sich unter dem Ding hervor. Sie stand auf und machte einladende Gesten von ihrem ungebetenen Gast zum Cellokasten.

Das war offenbar nicht blöd und kapierte, was sie wollte. Es schlappte zum Kasten und stieg hinein. Sie klappte den Deckel zu und legte sich wieder ins Bett. Aber schlafen konnte sie nicht. Immer wieder lugte sie zu dem Kasten und wartete sehnsüchtig darauf, dass er verschwinden würde.

Nachdem sie gefühlte 100 Stunden wach gelegen hatte, schlief sie doch noch ein.

Ihr erster Blick nach dem Aufwachen galt dem Kasten. Äußerlich hatte er sich nichts verändert. Vorsichtig stand sie auf und öffnete langsam den Deckel.

Kein Schleimmonster! Also war der Kasten über Nacht unterwegs gewesen. Da das schon mehr oder weniger zu ihrem Leben gehörte, fand sie das nicht mehr außergewöhnlich.

Auf dem Deckel des Kasten pappte jetzt ein Blatt, offenbar so was wie ein Werbeflyer. Der Text war in einer Schrift verfasst, die sie nicht kannte und die sie an chinesische Schriftzeichen erinnerte. Aber höchst interessant war das Bild, das darauf prangte. Es zeigte einen Mann, der auf einem Instrument spielte, das einem Cello sehr ähnlich sah, allerdings keine Saiten hatte. Aber das war nebensächlich. Sie war augenblicklich schockverliebt in diesen Mann. Er sah einfach göttlich aus. Wer Ken aus der Barbiewelt kannte, wusste, wovon sie redete. Außerdem war er ganz schwarz gekleidet, was einen tollen Kontrast zu seinen strohblonden Haaren bildete.

In dem Moment wusste sie, dass sie da hin musste, wo dieser Apollo war! Sie quetschte sich in den Kasten und sagte: »Los Kasten, tu einmal das Richtige und bring mich zu dem Gott auf dem Poster!« Dann wartete sie ungeduldig. Aber nichts geschah. Die Kiste bewegte sich keinen Millimeter. Margrit de Vries waren schon alle Gliedmaßen eingeschlafen, als der Cellokasten endlich etwas ruckelte. Dann ging alles sehr schnell, ein weiteres kurzes Rütteln und dann war schon wieder Stille. Margrit öffnete den Deckel.

Ihr Cellokasten stand auf einer Art Gehweg. Sie blickte auf eine Stadt, die ihrer Heimatstadt ähnelte. Die Passanten, die sie sah, waren aber völlig anders gekleidet. Die Häuser wirkten wie kleine Fabriken, die Bäume hatten lila Stämme und orangefarbige Blätter, die wie Gummibärchen geformt waren. Die Autos hatten keine Räder und offenbar auch keine Lenkräder. Und es herrschte Stille. Die Personen redeten nicht miteinander. Offenbar verwendeten sie eine andere Art der Kommunikation.

Aber das störte sie nicht. Sie stieg aus, klappte ihren Cellokasten zu und ging auf die nächste Person zu, die sie erreichen konnte.

»Kennen Sie den?«, fragte sie und deutete auf den Mann auf dem Flyer. Das schien der Typ zu verstehen. Er zeigte geradeaus die Straße hinunter.

So fragte sie sich durch und stand schließlich vor einem großen Gebäude. Über dem Eingang schwebte ein riesiges Hologramm, dass ihren Schwarm zeigte. Hier war sie richtig!

Eine Menschentraube hatte sich vor der großen gläsernen Eingangstür gebildet und sie ließ sich in der Menge mittreiben. So gelangte sie in einen unbestuhlten Saal. Die Personen standen in kleinen Gruppen zusammen.

Dann hörte ihr Herz fast auf zu schlagen. Ihr Idol stand auf einer Art Bühne. Es hatte das Instrument in der Hand und verharrte völlig regungslos.

Plötzlich wurde das Licht heruntergefahren, nur ihr Liebster wurde noch angestrahlt.

Zögerlich begann er zu spielen. So etwas hatte sie noch nie

gehört! Ein dichter Klangteppich floss durch den Raum und hüllte sie völlig ein. Sie schien zu schweben und nie bekannte Glücksgefühle erfüllten sie. Nach viel zu kurzen Zeit wurde das Licht wieder hoch gefahren und es kam Bewegung in die Zuhörer im Saal. Langsam und lautlos leerte er sich. Schließlich war sie allein mit ihrem Liebsten.

Sie sah sich kurz um und kletterte dann auf die Bühne.

»Hallo, das war toll! Das möchte ich auch können!«, begann sie ein Gespräch. Aber er antwortete nicht. Mit leeren Augen starrte er durch sie hindurch. Vorsichtig streckte sie die Hand aus und berührte sein Gesicht. Er fühlte sich kalt und metallisch an. Schlagartig verstand sie.

Der Musiker war eine Maschine, ein seelenloser Roboter! Was war sie für eine Idiotin! Alle Personen hier waren Roboter!

Warum hatte sie das nicht gleich bemerkt?

Sie zog das Instrument aus den leblosen Händen des Spielers, verließ den Saal, rannte zurück zum Cellokasten und quetsche sich damit in den Kasten. Der Deckel ging jetzt zwar nicht mehr ganz zu, aber sie hoffte, das würde ihre Reise nicht erschweren.

Dann musste sie wieder warten.

Irgendwann machte die Kiste den bekannten Rucker und sie befand sich kurz darauf wieder in ihrem Zimmer.

Glücklich stieg Margrit de Vries aus dem Kasten. Sie stellte das Instrument vor sich hin und fuhr mit den Händen über dessen Hals, wie sie es bei dem Roboter gesehen hatte. Augenblicklich breitete sich der wunderbare Klangteppich aus. Zuerst klang er unbeholfen und nicht sehr harmonisch, dann wurde er immer professioneller und entwickelte einen einzigartigen Sound. Den ganzen Abend verbrachte sie damit, die klanglichen Möglichkeiten des Instrumentes zu erforschen.

Sie würde berühmt und reich werden! Margrit de Vries und ihr einmaliger Klangteppich!

Bei all ihrer Begeisterung bemerkte sie nicht, wie sich in ihrem Garten eine Gruppe rot gekleideter Personen materialisierte. Die Gruppe trug lanzenähnliche Gerätschaften in den Händen. Sie führten zwei silbern glänzende Gestelle mit, die wie Kanonen aussahen.

Lautlos setzte sich der Trupp in Richtung Margrits Haus in Bewegung.